博客思出版社

卻顧所來徑

曙影

To Kenny, Bing
And
Shane

暮從碧山下，山月隨人歸。
卻顧所來徑，蒼蒼橫翠微。

唐・李白

目錄

【自序】一路走來

每個人的一生都是一個故事。我的故事開始得很晚，因為我對於童年的記憶，是一片空白；聽母親和記憶力超強的二姊說，我從小沉默寡言，不合群、不出眾，總是躲在角落裡。親戚、朋友、鄰居經常都忽略了父母親還有我這個女兒。如果按排行來說，其實這也不奇怪；父母親有五個孩子，我的大姊、二姊，再下來是我哥，想來父母親在生了我哥之後，一定期望接下來也會生個男孩，但我出生了。我還有個妹妹，她雖然也是女孩，但她最小，而老么總是比較受寵的。

我們從小家境貧寒，母親原本在學校教書，隨著家中人口增多，需要照顧，她便辭去教職，在家相夫教子，僅靠父親微薄的收入養家。二次世界大戰之後的台灣，百廢待興，整個社會普遍貧困；當時父親並沒有固定的工作，那裡可以提供生計就遷徙到那裡，所以我們家可以說是家徒四壁、居無定所。但父親是個崇文重教的人，他常說，只要我們讀得來，他砸鍋賣鐵也要供我們讀書。

民國五十二年，我踏著二姊和哥哥的腳步，參加桃園縣初中聯考，高中榜首。

同一家中三個孩子連中聯考狀元的事蹟，在小小的楊梅鎮造成一陣轟動。當時的《徵信新聞報》（中國時報前身）駐楊梅記者黃智洋先生特地到我們家來採訪「黃氏三兄妹、一門三榜首」的特殊新聞。當時只有母親和我在家，母親對黃智洋先生說：「淑英的哥哥、姊姊在小學六年中一直是名列前茅，聯考考中狀元並不意外。淑英平時在校成績雖然也很好，但完全沒有想到會考上第一名」。父親當時在台北上班，回到楊梅得知記者來訪，萬分高興和得意得說了一句話：「我這個女兒倒是讓我們家出名了！」記憶中，那是父親第一次對我的讚美。

當年來訪的記者黃智洋先生在臨走之前，曾經問過我將來要做個科學家還是文學家，我回答他：「要做個文學家。」其實，對於「文學家」這個名詞，我當時是沒有概念的。但我從小深愛看書、聽戲曲、說故事……等等跟科學沾不上邊的東西，所以當時給我兩個選擇「科學家」或「文學家」的時候，我自然選擇了「文學家」。

初中畢業後，我考上了台北第一女中。北一女中的學生是來自全台灣各地的佼佼者；一女中的師資更是集全國之精粹。我高中的國文老師兼導師是陳鎂先生

（筆名沈櫻）。陳鍈老師是個文學家，她在教我們課文之外，更多的是讓我們讀名家的作品，比如她翻譯的褚威格的《一位陌生女子的來信》、赫曼赫塞的《悠遊之歌》，海明威的《老人與海》、《白鯨記》、托爾斯泰的《戰爭與和平》……等等；當時有許多中國現代作家像林海音、琦君、劉坊、張秀亞和羅蘭……等也都是陳鍈老師的朋友，所以我們也有幸涉獵她們的作品；我們在陳老師的指導和廣讀這些名家的作品薰陶下，不僅強化了寫作的基礎，也養成了寫文章的習慣。

從十二歲那年不經意的說，我想當文學家至今，半個多世紀過去了，我終究也沒當成。年歲愈長，愈能夠體認到所謂的「世間享千金之產者，必是千金人物」。一個人的「成就」除了努力之外，天分和機遇無疑的是另外兩個必須有的條件，如同三足鼎立，缺一不可。隨著時光的流逝、歲月的推移，我對自己沒能成為一個文學家，也逐漸能接受和釋然了。

九年前，我們在住家馬里蘭州洛城德悟區散步的時候，認識了一對居住在北京，來美國探望女兒的大學退休教授夫妻。王教授和外子一見如故，有著說不完的話題。王教授夫妻都喜歡看書，外子在聊天中提起我對文學的興趣。王教授在看過我登載在《世界日報》上的幾篇短文之後，建議我把過去寫過的文章集結成冊出版；我笑著回答他說，我寫的東西連自己的孩子都沒興趣，也看不懂。怎麼敢談出書？就算出了書，有誰會看哪？

王教授的看法卻不然，他說，這個世界上有超過十億人的母語是中文，怎麼能說沒有人會看？他又說：「你這一生中，也算有過磨難，遭遇過不幸。你怎麼知道不會有某一個人，在世界的某個地點、某個時間，因為看到你文章中寫到在生活上遭受過的打擊、在挫折中重新站起的勇氣，而受到啟發，或感到安慰呢？」

他的話給了我鼓勵，我回想自己在半個多世紀的讀書過程中，不是也常在偶然間，因為看到某篇文章，或文章中的某一句話，而有尋得知音般的感動，亦或即時撫慰了內心的空虛，產生了「當我看到你也孤獨的時候，我的孤獨便得到了安慰」那樣的情懷？又或者因此打消了頹廢喪志而重新燃起對生活的希望和信心嘛！因此，我決定聽取王教授的建議，把這幾十年來寫過的一些文章摘要做個整理；也算是對我自己走過的這一生做個紀錄吧！

We write to taste life twice, in the moment and in retrospect.
– Anais Nin

山川大地，唯識所現

二〇〇一年三月中，我與外子共同出席由內不拉斯加大學主辦的「美中地區國際教育學術會議」。從該州首府林肯市飛回芝加哥那天，天氣晴朗，展望遼闊；我坐在靠窗位置；起飛後，眺望腳底下稠密結實、千重萬疊、彷似銅牆鐵壁的雲層，我忽然想到，這麼看似堅硬的屏障，怎的就如此輕易的讓飛機穿越了過去？彷彿這濃密的雲層對飛機來說竟是不存在似的。想著想著，就不禁轉身問起外子。外子睜大眼睛，反問我說：「妳不是常告訴我，說佛經裡曾說過：山川大地，唯識所現嗎？莫說那雲海如露如電，瞬間消失；如果你真正透徹一切有為法，如夢幻泡影，那麼山河大地、滄海桑田，也不過都是心中幻影，恐怕也能照樣穿越。不是嗎？」

外子這段話驟然將我的心思轉到我的內心世界。如果如此具體確實、明明白白現在眼前的雲山霧海都能在你迎上前去的時候立時煙消霧散，那麼，我們心中由無明升起的抱怨、苦痛、煩悶、枯燥，一切障礙、阻隔，種種的不如意，是不是也能在我們下定決心直下承擔之後迎刃而解？

事實上，大部分人一生中，碰到真正災難的機會只是微乎其微。絕大多數的苦惱是自找的、是因為看不清事物的真相而迷惑的。就拿「恐懼」這種情緒來說吧！人類與生俱來的恐懼其實只有兩種：一是從高空墜下、另一個是突然而來的巨大聲響。這兩種恐懼都是為了維護安全和自保而存在。除此兩者之外，其他所有的恐懼均是學習而來的；是我們的父母、親友、師長、或周遭的人們灌輸給予的不當情緒。但我們已經被制約了這麼久，已經習慣了去「想像」種種的恐懼——比如看到報上報導什麼疾病、災難、或橫禍，就想像這些事情也會發生在自己或是自己所愛的人身上，因此終日在恐懼不安的心態中惶惶愴愴。如果我們明白這些情緒產生的過程，以及我們學習這些情緒的經過，那麼我們就能以「反制約」的方式將此學習過程一層層的剝落，使它最初的真面目顯現。心理治療的目的在此；禪坐的目的在此；學佛的目的也在此。綜觀佛法八萬四千法門，要教導我們的不就是認清這兩個字「真相」嗎？

說起來，我們人類也夠可憐。不知道什麼時候開始有了「人定勝天」的思想；

打從那一刻起，我們始終不願意承認自己是大自然的一份子。我們春天撿枯枝、夏天除雜草、秋天掃落葉、冬天鏟冰雪，但始終看不出自己與這些自然現象間的關聯。我們看到日出日落，知道是自然變遷；看到花開花謝，知道好景不常；唯獨對於我們生命中的生老病死，總是憂心忡忡，無法釋然。

朋友，你相信嗎？我們正如春夏楓樹上的樹葉，片片有它的手姿，葉葉有它的期限，到頭來，都要在秋霜冬雪中向樹幹告別，直到來年春發；在這不斷「生」、「滅」的過程中，你泥中有我，我泥中有你。你又是否相信，我們都是無垠蒼穹間的繁星，顆顆有它的軌道，珠珠有它的星光？在這光芒的交錯間，你曾經照亮過我，我也曾經照亮過你？那葉滿枝頭時的喧嘩，那繁星閃爍時的亮麗，和那寒冬枯枝的肅穆、靜夜黑空的莊嚴，都是宇宙萬象，是我們生命的一部分。我們必得承認，生、滅的現象總是循環不已；我們必得相信，無常的道理確是千古不變；因此，對於自己一時無法透視看清、無法了斷解決的苦痛、憂慮、或煩惱，除了直下承擔之外，便只有耐心等待它循著自然的軌道過去。

很多年前，當我還在銘傳商專教書的時候，經常有學生來和我談心事；我常常勸他們：忍耐一點，過幾年當你回頭看今天的時候，你會對你今天的執著百思不解、甚至覺得荒謬可笑。這十幾年來，我自己也曾經在絕望、痛苦中掙扎過千百遍，但每一次從憂鬱傷感中掙脫出來，我對無常的體驗就加深一層。我相信，曾身受過最深切悲哀的人，才愈能體會最大的快樂。

因此，朋友們，在我們還未能看清宇宙真相，還未能了悟萬法性空之前，讓我們直下承擔目前的不順遂，繼續用功；讓我們抱持希望、耐心等待那穿透雲霄的一天吧！

（2001年6月刊載於《麻州佛教會月訊》）

感恩的心

What we call the beginning is often the end. And to make an end is to make a beginning. The end is where we start from. – T. S. Eliot

波士頓西北郊區有一個古鎮叫康克（Concord, Massachusetts）。康克鎮富庶、華貴，當地的住家多半庭院遼闊、花木扶疏；鎮上有一戶人家的女主人是個從事慈善事業的心理學家。她時常不定期的在家中舉辦專為癌症病人和家屬設計的一日禪修課程，並免費提供午餐和一切禪修當中必要的文具或物資。

二〇〇六年十一月，我報名參加了這個禪修會。女主人在大家坐定、並互相自我介紹之後，要我們先閉上眼睛，好好回想自己的人生；然後集中精神，想想如果這一生就要結束了，心中還有什麼放不下、不甘心、或未了之事。最後再想想在這癌症治療期間，以及在這段身心都受到殘酷煎熬，生命盡頭生死未卜的時候，在我們的周圍，還應該感恩的事、物、或人。她把每個人的這個筆記命名為各人的「The Grateful Journal」。

接下來，她要我們把剛才思想的問題和答案寫在筆記上。

「Listen to your body.」女主人在我們做筆記的過程當中不時的提醒我們，集中精神注意在思想這些問題，和寫下心得答案時身體的反應。我在回憶往事和她的不斷提醒中豁然了解到，原來在「身」與「心」的關係中，我們的「心」並非主人，「身體」才是主人。身體在我們的生命中，一直誠實的告訴我們，並反映我們的所思所想、所作所為是否妥當，但我們卻常常忽略「身體」的提示或警訊，總以為身體是心的奴隸，可以隨便支使，甚至奴役。直到有一天你發現到，你以為的「奴隸」其實才是真正掌握生死大權的「主人」。

午餐過後，女主人要每個學員把在「感恩日記」(The Grateful Journal) 上寫下的東西，向所有其他學員朗誦。我是這麼寫的：

***

我感恩有你，親愛的丈夫。在我病入膏肓，生死前景未卜的時刻，毅然放下你如日中天的事業前途，回到我的身旁，陪伴我、守護我；並重申不論生死結局，你都會一直陪著我走完這段旅程的誓言和決心。

我感恩有你，我親愛的大兒子。當我孱弱得連書本都捧不住的時候，你在我身旁朗讀文學中許多動人心弦、感人肺腑的故事。你的睿智、幽默和啟發，總讓我在絕望中看到烏雲裡始終存在、從未消失的光明。

我感恩有你，我親愛的小兒子。當我失去信心、萬念俱灰、頻臨放棄的時候，你總是果敢的糾正我的怯懦，指引我前行的方向，並身體力行的帶領著我勇往直前。

我感恩有你，親愛的哥哥。在我最需要醫療協助的時候，幫我介紹了一個好醫生和極具經驗和愛心的治療團隊。

我感恩有你，親愛的媽媽和姊妹。你們從海峽對岸時刻捎來的關愛，使我能在這一段艱難的日子中，無有後顧之憂，並能保持寂靜的心，靜待驚濤駭浪遠去。

我感恩有你，慈悲的同修道友。你們無私的照顧，和持續的鼓勵，是我永遠銘記在心、不能忘懷的恩典。

（2006 年 11 月 15 日寫於麻州康克鎮）

--- written on 11/15/2006 at Concord Wellness Retreat, Massachusetts.

用托鉢的心來面對生命
——獻給天下所有被重病折磨的朋友

晨起漱洗，忽有一悟，原來托鉢的目的並不僅為填飽肚子，更重要的乃是培養「不挑、不揀」的習性；對施主施捨或供養的食物坦然接受，不挑三撿四。我們在生命的旅程中，能否也對發生在自己身上的所有事物有這樣的心胸呢？啊！難怪古德云：「至道無難，惟嫌揀擇」。

世人對一切人、事、物都喜歡把它貼上標籤；所謂的榮辱貴賤、是非善惡、生老病死；知識越豐富，煩惱越多，分辨越烈。

道德經第二十章有這麼一段話說：「絕學無憂，唯之與阿，相去幾何？善之與惡，相去若何？……眾人熙熙……我獨泊兮……眾人皆有餘，而我獨若遺。……俗人昭昭，我獨昏昏。俗人察察，我獨悶悶……我獨異於人，而貴食母。」在這裡老子提醒我們，知識有的時候反而是明心見性的障礙。他又勸告我們，別像世俗人那樣迷於美進、惑於榮利，更不可在世俗的競逐浮華中忘卻了人生的本源——那就是生長萬物的「道」。

「道」是天下之始，萬物之母。萬物最後終究要「復命」，要回歸於「道」。「道」的運動是循環反復的。既是循環不已，宇宙萬物自然也就反復不休。然而我們這些癡迷可憐的人類卻看不出天地相生、禍福相依、正反互變的道理，在短暫人生中汲汲營營，既不能樂天知命，活在當下；又不能對自己無法「勝天」的失敗坦然承受，終日在自己營造的喜悅和悲傷中受盡煎熬。

最近幾年，「活在當下」這四個字相當流行。「活在當下」只有在一種情形下才有可能——那就是坦然接受一切發生在自己身上的事物。這是一種樂天知命的態度；不對過去的事情追悔，不為將來的事情憂愁，一切任其該來的來、該去的去。這樣的人生態度對我們這些從小受到深刻儒家思想，比如「堯何人也，舜何人也，有為者亦若是。」的人是多麼的困難。我們總相信「人定勝天」；總相信「命由我作、福自己求」；我們相信只要勤勉有恆，堅定信念，任何事情都能成功。我們認為處理事情時應抱持這種態度，解決人際關係問題時應當如此，甚至面對病痛惡疾時亦是如此。

但是，人真的能完全靠自力嗎？「命」真的能「由我作」，「福」真的能「自己求」嗎？不盡然的！

1962年得到諾貝爾醫學獎的美國生物學家James Watson說：「How can the society be just when genetic is unjust?」是的！我們每一個人被生下來時都帶著先天不同的條件。這些條件大致就決定了我們一生的走向和命運；如同樹種、如同秧苗、如同一切傳宗接代的孕育。是橡樹的種子就不會長成楓樹，是人就不可能自己會飛。基因給了我們一個活動的框框，不論我們多麼努力，要想超越那個框框都是「非分之想」。我們能做的只有在那個框框的範圍中，盡情極度隨順發揮。人——是不可能勝天的！

記得前不久看過墨人先生的一本書《年年作客伴寒窗》，書上有一段墨人先生回答記者對於命運的看法的一段文字；這段文字是這樣說的：「用現代科學觀點來說，命就是個人的生命磁場。出生的時間、地點，就是個人生命磁場的強弱定位。運就是運行。如一部「奔馳」好汽車，走的是高速公路，自然更穩更快。品牌差的車子走高速公路也比較平順快速，走石子山路那就更不能與「奔馳」相比。所謂「把握命運」，也只能順其自然，不能反其道而行。「改變」命運就是改變自然法則，這是不可能的。唯一的補救辦法，是多行善積德，行善積德加上修行，可以影響磁場，但亦難改變定命。「奔馳」就是「奔馳」，其他品牌就是其他品牌，行善積德無異於維修，維修得好，結果自然好些……」（「奔馳」汽車時下譯為「賓士」汽車）。

這就是說，你是「賓士」還是其他品牌是註定了的、是生下來就如此的。你能作的是「維修」的這部分。如果你是賓士，可是你不好好維修，你可能比維修的極好的其他品牌的車壞的更快。反過來說，假如你生來是很差的品牌，可又不努力維修，那就真是無可救藥了。可是，假如維修的程度一樣，一個不好的品牌要想好過「賓士」那就是「不知命」了。所以古人說「自恨枝無葉，莫怨太陽偏」是絕對有它的道理的。這裡所謂的「自恨」的「恨」，跟「莫怨」的「怨」其實並沒有帶任何情緒化的色彩，那只是文字上的運用，有它的美和強度而已。其實它的意思就是說，自己了知枝無葉，所以知道太陽其實並不偏袒。一個人要知道自己幾斤幾兩，才能了解自己能挑多少重擔，這是「認識自己」，這是智慧，不是悲觀。這是接受，不是怪怨。

古人說：「不知命無以為君子。」曾文正公也曾說：「四十以前信命者為愚人，四十以後不信命者為妄人。」這裡的「知命」、「信命」，也都不是「宿命」。乃是經歷了一大段人生旅程之後的豁達和了然。

每個人的生命旅程在我們的母胎中就有了藍圖。我們走在生命的旅程中，就像是開車在一條從來沒走過的高速公路上一樣。路——是早就規劃好的。路上的景觀，分岔路、休息站的位置，交流道的數目，早在我們開上路前就已存在。只是我們還沒有開到某一定點時，對我們將碰到什麼樣的路況，會遇見什麼樣的人，會經歷什麼樣的事情，不能事先知曉。同時，我們會開什麼樣品牌的車也是命定的。這些我們都無法改變。但是，我們要怎麼開這部車、要不要繞小路、什麼時候下交流道、下了交流道之後多久才回到正途、碰到路況不順時如何處置……等等，我們卻有意志的自由。

這種情形也很像我們的身體。我常以為如果我們不能了解大宇宙的奧秘，因為它太博大深邃、太無垠無限；那至少我們可以從觀察自己的身體來得到一點啟示。我們的身體就是一個小宇宙。你看我們的五臟六腑，它們各就各位、各司其責；它們何時肯聽我們的指揮？你看我們體內的億萬細胞，各各有它的使命；什麼時候該分裂、什麼時候該死亡、什麼情況下該做什麼全早已有它的規劃，我們全無法控制。但在這個大藍圖的框框中，老天卻給了我們控制隨意肌的自由。

因此，對於發生在我們身上的事物，我們不必以為全都是自己的責任。有很多事情不是我們能控制的。我們從小受到的教育中有太多的責任和義務，而忽略了教導我們隨遇而安的智慧和素養。明道之人能接納自己、不怨天尤人、萬事不強求。他知道「命裡有時終須有、命裡無時莫強求」的真實意義。

我這樣的論調，或許有些朋友會對我失望；甚至於會說我辜負了多年來的佛教教育。對這些朋友，我也只能說：「你們太高估我了」。是的！過去我確實是壯志凌雲，夢想改變世界，拯救社會。一度我也努力精進，妄想成就「自度度人」的才能。但我現在卻像一隻脫毛的老鷹，承認「享千金之人必是千金人物，享百金之人必是百金人物」。我是一個極為普通的人，也許像天下大多數的人一樣，有點兒小才能，如此而已。對於過去我那不可一世、睥睨一切的自負，我現在謙卑的感到慚愧。

其實，我們學佛人在某些方面有時候比 一般人更容易陷入偏見。因為我們相信因緣，講因果、講願力，所以碰到事情——特別是不好的事情的時候，往往最容易就掉入因果的公式裡。我們認為「果」既然出現了，就一定找得出造成這個「果」的「因」。得了癌症，便說這是因為這個原因或因為那個原因；實在找不到明顯的原因時，便說這是過去累世的業障；業障要消，今生作過的錯事，比如墮胎或其他等等要補救，便需要發大願、要賠償過去的冤親債主、要安撫作怪的嬰靈。這種種觀念給了許多人——包括出家人，抓住病人脆弱的心理，而趁機詐財的機會。

可我們卻忘記了「因」和「果」的關係豈是這樣簡單的直線關係！因果之間的糾結盤纏、錯綜複雜，那裡是我們這些凡夫俗子一時能理得清的？以我們有限的智慧和精力，如何能解開這迷團？把個人的際遇做這樣的因果解釋對病人是一個無謂的負擔；過去的事已然過去，不管是今生或是累世，現在都不必追問。唯一該做的補救措施是不再犯同樣的錯誤。如此而已。

二〇〇六年，我在波士頓的貝斯醫院接受癌症開刀和化療。貝斯醫院癌症治療室裡的志工全是得過癌症而存活下來的前病人。我曾問過很多這樣的志工，我問：「你覺得你為什麼得癌症？」十有八九他們的回答都是：「倒霉唄！」(Bad Luck)。這簡簡單單的兩個字，給了我們當時在治療室裡的病患多少的安慰和釋懷！

今天的社會知識膨脹、謬論正論混淆，許多報章雜誌或是大眾傳播常常大談所謂的「癌症個性」，或是一知半解的解釋癌症的原因，使許多病人產生自責的心態。其實真正的好醫生會告訴你「得癌症不是你的錯，也不是任何人的錯」。這樣的態度就是一個全盤的接受、一個無條件的接受、一個不去追問「為什麼」的接受。既然沒有那個瞎猜的「原因」，自然也就不必像無頭蒼蠅一樣去找人消災、祈福、消業障了。病人心理沒有了罪惡感，不恨、不怨、不悔之後，自然也就比較容易去面對現實。

其實天下萬物自有其時辰。生死有時，榮枯有時。四季交替、晝夜輪轉；飄風驟雨、雲開霧散，都有它轉動的原則和時辰。道德經第五十八章說：「禍兮福之所倚，福兮禍之所伏。」災禍裡面隱藏著幸福，幸福的下面潛伏著災禍，誰知道它們的究竟呢？說起來，我們人類也真可憐。我們春天撿枯枝、夏天除雜草、秋天掃落葉、冬天鏟冰雪，但卻始終無法在這自然界當中體會出自己生命的現象。

二〇〇五年，我與外子到黃石公園去遊覽。公園接待處有一部影片講述一九八八年森林大火的故事。影片中提到的幾個事實非常值得我們深思：

當年的大火燒掉了百分之三十六的森林；將近三百隻大型哺乳類動物死於大火中。滅火人員、經費的耗損史無前例。但是這樣的浩劫卻給了許多新的樹種孕育的機會；提供了鳥獸更好的巢穴；燒炙過的土地、樹木給科學家提供了做研究的更好材料；有些動物們吃的草料更加肥沃……等等。這些都說明了世上的事情沒有絕對的好，也沒有絕對的壞。此生彼滅、彼生此滅，萬物互相滋養、相生相滅、相滅相生。其實就整體的來說，也沒有所謂的生滅了。個人有個人的一段戲，個人有個人在戲裡該演的角色；戲完了就該下場。

我的父親生前最喜歡說這兩句話：「長江後浪推前浪、世上新人換舊人」。

不是嗎？父母生子女，然後死去；子女再生子女，然後死去。這樣的交替正是生生不息、代代相傳哪！

我寫這篇文章的目的絕非叫人悲觀，更不是叫人相信宿命、束手就擒。我只是想強調，宇宙間我們能控制的事物有限，因此，對於逆境，「接受」是最健康的選擇。人生如戲。劇本的編撰我們無權過問，我們也沒有挑選要演什麼角色的自由。不必懷恨為什麼我演這個角色而不是那個角色，也不必追問誰發配角色？只需好好演好既已指派給你的那部分。人人手中都握有一疊牌，發給我們手中的牌是什麼，我們只有接受。我們不要抱怨在我們手中的牌不好，更不必追問誰發的牌。我們只能就手中現有的牌，打出最好、最漂亮的一仗。就著自己現有的條件，去做最好的運用，如此而已。

「自知者明……知足者富……」能夠認識自己、珍惜自己，能夠淡泊知足，不糟蹋自己、不強求他人，才能真正做到悠遊任運過生活。

（2008年3月27日刊載於華盛頓新聞報）

你濃我濃——談「理性與感性」

我家老爺年輕時候等了我九年才牽上我的手步上了紅地毯。我之所以遲遲沒與他海誓山盟，正是因為他凡事都太過理性。

少女時代的我像花木蘭一樣壯志凌雲，想的是救國救民、做的是濟弱扶傾。我夢想馳騁疆場、縱橫草原；而與我同年齡、同系又同班的他，卻把時間消磨在打球、健身、和為畢業後找工作累積資產的準備上。豪情萬丈、多情感性的我和腳踏實地、忠厚理性的他是道不同不相為謀。畢業後我們更是分道揚鑣，隔個太平洋，兩地相隔。

誰知姻緣早已是天定，五年時光過去、繞了大半個地球、我們像海水一樣，晃蕩晃蕩的又蕩在一起、激起了一波波分不清是屬於你，還是屬於我的浪花。這浪花拍呀拍的就拍出了紅帖子、拍出了孩子們、也拍出了這三十幾年的琴瑟和鳴。

心理學家榮格曾經說過：「兩人相遇，就像兩種化學要素混合在一起，要是真有交集，兩人都會產生變化。」這句話用在我和老伴身上是再恰當不過了。三十多年的婚姻生活，我變成了他、他變成了我。出門在外，我經常得提醒他凡事少管、無事早歸。有時候他路見不平，欲拔刀相助，我便勸他在亂世要明哲保身、只能自掃門前雪，莫去管他人的瓦上霜。

這幾年，孩子長大獨立了，我們有閒暇度假，他興致高昂的說：我們去西藏、蒙古、或是青康藏高原吧！我說：不行，會有高山症。他說：那去泰國或非洲，我說：那兒政局不穩定，少去冒險。他出遊喜歡買些紀念品，說是將來可以回憶，我總是要澆他冷水，說照片就得了，不需要的東西愈少愈好。也許是個補償吧，他特喜歡保留瓶瓶罐罐：吃完果醬的瓶子捨不得丟、中秋月餅的盒子留了一年又一年。有時候我整理廚櫃，不免嘮叨幾句，他就默默無聲的在他的收藏中挑了一、兩個放進回收箱裡，算是答覆。

去年，年近六十的他忽發奇想，想學划獨木舟，便在附近的社區學院註了冊、報了名。第一節課是在教室裡上的，老師解釋獨木舟的構造並說明基本技巧。他上完課回來，興奮的拖著我要去買獨木舟。我們逛了一下午，也選了顏色款式。

我答應他等他修完課、學會了技巧，便買個獨木舟作為他六十大壽的禮物。

第二節課，老師帶他們到波多馬克河做實際練習。前一天晚上他興奮得睡不著覺，幻想著河上泛舟的詩情畫意。

第二天我倆一起出門，我上班、他上課。我估計等我下了班，他定會口沫橫飛的描述他划舟的本領。待我開了門、進了屋，只見他靜靜的坐在客廳、身上裹著厚重的毛毯，我驚訝的忙問他怎地一回事？他抬起驚魂未定的雙眼，細細述說如何被獨木舟綑綁著翻下水底、不得脫身，又如何被老師從水裡救起的經過。他說，「我以為我老命休矣，再也見不到妳了。」

從此，我家老爺又恢復了腳踏實地，再也沒夢想孤舟簑笠翁的意境。如今我倆已完全相融在你「理」中有「感」、我「感」中有「理」的神妙境界了。

（2011年3月21日刊載於《世界日報》副刊「理性與感性」專欄）

此事古難全

年輕時候總喜歡那麼一絲愁緒，覺得那才有氣質、有靈性。喜歡看悲劇，認為喜劇太貧乏、太膚淺。那年頭聽的、讀的、想的、談的，全是悲壯、淒美、惆悵、和感傷。彷彿這樣的人生才夠壯麗，才夠豐富。「圓滿」是多俗氣的一個概念，它從未出現在我那青春奔放、趾高氣昂、不可一世的心靈。

後來年歲漸長，經歷了人生冷暖、看多了世態炎涼，方體認到人生確實是不如意事十常八九，才了解為什麼老一輩人總是勸我們退一步海闊天空，要知足常樂，平安就是福；對於人、事、物再不敢奢求壯麗，更遑論完美。每碰到挫折或打擊，也能拿：「花無百日紅、人無千日好。」或是「比上不足、比下有餘」這類話語來安慰自己。這時候就覺得「圓滿」不過是一個空洞的名詞，是遙不可及的理想，是一個虛幻而永遠觸摸不到的標竿。

這種「瞻之在前，忽焉在後」的對「圓滿」先是不屑、後又覺求不可得而感遺憾且無奈的兩極化態度，一直到我重病一場走了趟鬼門關回來之後，才有了調整和改變。

其實如果我們仔細觀察大自然，我們就能在其中看到很多的圓滿，從而得到啟示。你看春天來時，那華府的櫻花開得花團錦簇，競相爭艷；但當天氣漸暖，需要涼葉遮蔭的時候，花兒們毫不遲疑的就退了位，讓濃密的枝葉來繼續服務眾生。這中間的轉換是如此的圓滿。

一年四季、森林河川、山巒溪谷皆是如此，不戀棧，也不因你高我低而心懷不平或怨天尤人。它們不求圓滿，因為它們本身就是圓滿。我們也是一樣。你看我們身體裡的細胞和器官，它們合作得多麼天衣無縫！各器官細胞之間的默契、無私，為了維持我們的生命，奔流不疲乏、代謝不厭倦。如果我們還不能在其間體會到圓滿的存在，我們真是愧為萬物之靈呀！

是的！萬物靜觀皆自得圓滿。只是我們總戴著有色眼鏡來看世間，才會覺得有所缺損。就比方那最被人傳誦的蘇東坡的「水調歌頭」來說吧。蘇東坡寫到：「人有悲歡離合，月有陰晴圓缺，此事古難全」可人的離合是絕對的嗎？現在許多人台灣、美國兩地跑，回台灣時，對美國的親人來說是「離」，對台灣的親人卻是「合」啊!反之亦然。

再說月亮吧,月亮何嘗有圓缺?月亮始終是圓的,只是因為我們生為人類,我們的肉眼能見度有限;住在地球,受到空間的限制,所以我們看不到月亮的全貌,看到的只是一個層面,一個角度,一個片段。如同瞎子摸象,因此以為月亮有缺有圓。然而事實上月亮從來就是圓的,從未曾缺蝕。

所以說,圓滿隨處都在,端看你能不能體會。天生我才必有用;森羅萬象,各個不同,才成就了多采多姿的世界。古難全的是人心的改造,而非世事的面貌。

(2009年12月12日刊載於《世界日報》副刊「圓滿」專欄)

凜然傲骨一孤松

（本文係撰寫《爸爸的一生》一書之自序文）

我曾經兩次答應替父親做傳。第一次，是一九七八年我留美學成歸國時，那年我二十七歲。當年的父親節，《中央日報》刊載了我的一篇文章，篇名叫〈苦日子總有終結〉，文中主要是敘述父親如何在財力艱困的環境中始終本著崇文重教的理念，把我們五個兄弟姊妹教養成碩士、博士的故事。父親看後深為感動。尤其文章刊出後，引起了兩位讀者的迴響，他們分別在《中央日報》上對此文發表讀後感言。其中一位是妹妹的老上司劉昭晴先生，另一位是我們失散十數年的昔日鄰居黃耀星。因我的一篇短文，而得以和故友新知暢敘往日情懷，使父親感到驕傲和光彩。因此他囑咐我，將來一定要把他幼年從貧困出身、後因才華出眾、白手起家，以致能有餘力幫助別人的故事更加完整的撰寫成書。可惜日後我因結婚生子，事業家庭兩頭煎熬，終究騰不出時間來完成。

第二次答應替父親做傳，是二〇〇三年父親過世以後，應大姊的囑託。大姊說，父親是我們家的一棵大樹，凜然傲骨地護佑和庇蔭著我們家每一個人，不讓我們受到任何外來的傷害。這樣偉大的父親必須為他留下紀錄，使後代子孫有所思考和感恩。大姊和母親甚至帶著我造訪父親幼年居住過的觀音鄉，和父親當年上學走過的路徑，並拍了好些照片，以作為我回美後撰寫父親傳記的材料。

然而，天不從人願！父親離世後短短不到三個月，不幸再度降臨到我們家——大姊住進了醫院，旋後被診斷出卵巢癌末期。如果說，父親是我們家的一棵大樹，多年來一直為我們遮風擋雨；那麼，大姊便是我們家的頂樑柱。大樹倒了，我們還能含悲忍淚的聚集在屋頂下，緬懷著過去有著大樹庇護和遮蔭的日子。但是樑柱崩塌了，屋裡的每一分子便張皇失措，一切日常生活的秩序全然打亂。我原先草擬父親傳記的大綱由是埋進了抽屜深處。

二〇〇六年，大姊離開了我們。那刻骨的傷痛和我自身因重病而受到身心的摧殘使我對存在的意義再度產生了深刻的懷疑。既然萬物最後終究要復命，要回歸，那麼，世間一切作為、著述，又有什麼意義？「大江東去，浪淘盡，千古風流人物……」——英雄偉績，事過境遷，有誰在乎舊日功勳？大姊已逝，父親的傳記寫與不寫又有什麼不同？人去樓空，記述往事又如何？回憶徒增痛楚，記載空留傷悲！倒不如像徐志摩說的「你記得也好，最好是忘掉」，一切都是虛空，一切都是夢幻泡影，一切都是枉然！

但人在極度悲痛之中，也像在大風暴裏一樣，最深的浪凹原是夾在最高的浪頭之間的。在我跌入沉痛的深淵之時，生命的軌跡也正在緩緩的往上爬昇。隨著時光的流逝，身心的傷痕逐漸在歲月的撫慰、回憶的甜美、和大自然的啟示下一絲絲、一毫毫的平復著。

二〇一五年初春，我再度提筆，開始記錄父親的生平。我幼年魯鈍，對周遭環境和事物模糊不清；絕大部分的往事都是靠著母親和二姊淑寶、哥哥紹光的回憶才能記載下來，尤其是母親！這本書能夠完成，最應該感謝的是我們的母親！

在撰述和校對的過程中，我們對於父親和大姊的的思念與日俱增。特別是對大姊，她早年因家境貧寒，沒有機會像我們一樣繼續升學而獲得高級學位。晚期又因重病未能享受她一生為家庭辛勞該有的幸福和報償。紅顏薄命，怎不叫人感傷唏噓！

林花謝了春紅，太匆匆。
無奈朝來寒雨晚來風。
胭脂淚，相留醉，幾時重。
自是人生長恨水長東。

如果父親和大姊還健在，我們一起回憶往昔舊事，共同來編撰這本書，那會是多麼快樂的一件事！這是我懶散、延宕造成的永遠的遺憾！但願這本父親一生傳記的完成，能多少告慰父親和大姊的在天之靈。

（《爸爸的一生》一書於2016年7月出版）

苦日子總有終結

父親的童年是在桃園縣觀音鄉一間破舊的三合院中度過的。父親八歲那年，祖母因與她的婆婆不合，竟拋棄兒女三人，離家出走，獨自到基隆去種番薯維生。祖父不擅理家，家中的瑣事和照顧弟弟妹妹的重擔便落在父親的身上。但父親彷佛天生具有領導才能，非但把弟妹照顧妥當，且把家中瑣事處理得井井有條，還能騰出時間來幫助同宗其他長輩做事。

父親本就讀觀音公學校，其後因田務繁忙、家庭貧苦等原因，輟學而改讀私塾。私塾老師對父親聰穎的資質、和過目不忘的天分極為讚賞，經常讓父親帶領同班同學朗誦詩文，還特別傳授教導父親〈千家詩〉、〈增廣賢文〉等古文義理，並有心培育父親成材；可惜後來因祖父與同宗親族們時有齟齬，父親無法繼續讀書，連在家中居住都成問題。父親只好到處漂泊，曾經在現在的陽明山附近包過工，也曾遠至基隆與人合夥開過麵館。

民國三十二年，父親和母親結婚，婚後生了四女一男。那個年代的台灣因為日本戰敗後搜刮掠盡台灣的資源，一般民眾普遍貧窮匱乏，加上一家七口人，生活十分拮据；父親當時也沒有固定工作，我們家經常是三餐不繼、居無定所。直到民國四十四年，父親在楊梅啟信化學工廠找到工作，我們家才搬到楊梅，安定下來。

我對父親的個性和對家中環境的認知也是從住在楊梅時開始有了記憶。那時候我剛上小學一年級。我記得每天一大早，大姊會到市場買兩塊油豆腐，並囑咐老闆多加些醬油。回到家，我們一家七口就吃稀飯配醬油，父親常把油豆腐剪成小小塊，放在五個小孩的碗中，二姊懂事，常叫父親和母親也吃，父親總是說：我們不喜歡吃油豆腐，泡醬油比較香呢。當時我們不會知道他們其實是省下來給孩子們吃呢！

上小學時，每學期都要交代辦費。沒有教的學生天天都會被點名罰站。有一天，老師照例大聲唸出還沒有交代辦費的學生，那天我成了班上唯一被罰站的學生。我哭著回到家，告訴父親和母親說我再也不上學了，父親問清楚原因後，一語不發的走向睡房——一張四個榻榻米的大床，我們全家的臥室，躺在床上，望著天花板出神。大姊和二姊把我拉到屋外，告訴我說，以後在學校因為沒繳錢被打、或被罰站的事情回家都不許對爸媽說。我才知道，原來姊姊們也常常因為家裡交不出代辦費而被罰站，甚至挨打。

我們家雖然窮，經常交不出學校索交的費用，但各個孩子在學校的成績卻都是名列前茅。二姊和哥哥更是從小學一年級到六年級都是班上第一名。小學畢業參加桃園縣初中聯考，我繼二姊和哥哥之後，高中聯考榜首。成為當時楊梅鎮上的一大新聞。《徵信新聞報》記者黃智洋先生到我們家來訪問，〈黃氏三兄妹、一門三榜首〉的新聞，更讓父親下定決心，不管家境如何困難，就算砸鍋賣鐵，他也要讓我們兄弟姊妹好好讀書，日後有機會出人頭地。

我們沒有辜負父親的心願。二姊在初中畢業之後考上了台北一女中；哥哥也在第二年考上建國中學。那時候為了貼補家用，大姊已輟學就業。也正因為大姊為弟妹們做出的犧牲，父親對大姊始終多加了一分照顧，而我們對大姊也總是言聽計從，充滿感恩。

民國五十五年，我初中畢業，繼二姊之後，考上了台北一女中。父親為了能就近照顧三個在台北念書的兒女，特地請調到台北來上班。自此，我們便家分兩地；媽媽、大姊和妹妹留在楊梅，父親、二姊、哥哥和我則在台北租屋居住。父親身兼母職，每天辛苦上班之外，下班還得趕到市場買菜，回來燒飯準備晚餐給我們吃。晚上又得準備第二天給我們帶去學校的三個便當。更委屈的是，吃過晚飯，我們都要念書，父親只好躺在雙層床的上鋪，把電晶體小收音機湊近耳朵聽，以免打攪我們念書。

父親年輕時就有胃病，在這兩坪大小的房間裡，更是父親一生中胃痛最多、疼得最厲害的期間。有一次，哥哥陪父親去南昌街看病，走至中途，父親胃痛劇烈，不能行走，就蹲在路邊，手撫著胃部，強忍含淚。哥哥回來後，跟我說了這件事，我聽了泣不成聲。那個週末，父親回到楊梅，媽媽遠遠望見父親，居然認不出這孱弱蒼老的男人竟是自己結縭二十一年的丈夫。

苦難的日子總有終結，上天不會叫一個善良慈愛的人永遠受苦的。民國五十七年，父親的才幹和忠誠終於受到老闆的賞識和重用。有一天，幾個中年人士到我們那狹小的公寓和父親長談了好一段時間；不久，我們搬出了那兩坪大小的克難房間，隨即住進了師大旁邊龍泉街上的一間有庭院的房子。媽媽、大姊和妹妹們也很快地從楊梅搬到台北來，一家人終於團聚在一起，父親方卸下母職，專心經營事業。那是一個嶄新的局面，自我懂事起，我們家從未有過這麼多笑容，這麼多歡樂，我們兄弟姊妹們終於也能穿上便服、吃上點心，甚至晚上還可以一起出門吃宵夜。父親的胃痛有了極大的改善，經常深鎖的眉梢也舒展開了，我們再也不需要強忍心裡的委屈，也不必看人家的白眼了。我考上大學那年，我們家在新店碧潭邊買下了一間嶄新建造的五樓寬敞公寓。父親事業的如意、家庭的美滿，使他看起來年輕了十幾歲，從來瘦瘦的身軀也壯碩多了。

現在，哥哥在美國學成就業，已娶妻生子；大姊一家六口，生活安定舒適；二姊和二姊夫都是為國家培育英才的教師；妹妹和妹夫也都學有專精，有令人稱羨的工作。我則於去年拿到學位後回國，與相識九年的摯友結了婚。子女們在經濟上既已都能獨立，父親便開始濟助一些窮苦的親友，這就是父親偉大的地方，他從不因為過去窮困時無人接濟而懷怨，反而自己省吃儉用，去幫助貧苦的人；這種度量和胸懷，並不是人人都有的。今年是我去國外多年來，第一次在國內過爸爸節，謹以此文給我們偉大的父親獻上最深遠的祝福！

（1979年8月8日刊載於《中央日報》副刊）

君子蘭說法

我從小喜歡看山看水，觀雲觀天。我臉上兩吋長的疤痕便是在仰望天空時被路旁堆砌木條上的鐵釘刮傷的。我又愛獨自漫步，往往因為抬頭看雲，對腳下踩到什麼完全置之不顧。有一回我午後散步，幾乎就要踩到木橋上捲成一團的草蛇時，才赫然驚覺；我對「拔腿就跑」這四個字的體解就是在那一剎那間頓悟的。

以我這樣對大自然好奇的個性，按理說應該對樹木盆栽也該興趣盎然才是，偏偏我對外子辛勤栽種的家中盆景常常視而不見。今年年初某一天，我早起做晨操，隱約望見那株種植了六年的君子蘭，綠葉繁茂中夾雜了幾許粉紅。我是個大近視，常常對眼中模糊的影像自作主張亂解釋：曾經把滿載香蕉的小卡車當黃色計程車叫，把迎面走來的陌生人當姐夫喊；因此對這片粉紅也就順理成章當成是晨曦映照。等到做完體操，走近前去，仔細端詳，這才發覺，呵！那竟是十幾顆含苞待放的小花蕾，正蠢蠢欲動、蓄勢待發呢！這一驚非同小可，我立刻電告外子；外子囑咐我要按時澆水，且不可隨意移動盆景位置。從那天起，觀察家中的君子蘭便成了我每天必修的功課。

君子蘭葉片修長、終年長青。在養殖的這幾年間，外子曾經幾次替它換盆。我為自己多年來對它的疏忽感到愧疚。這下經外子提醒、並囑我小心照顧，便再不敢偷懶了。我忠誠的每隔四、五天澆一次水。偶而還跟這些小花蕾說說話。小花蕾興奮的緩緩往上攀爬，像一群初學站立的幼兒，為自己的能力感到驕傲。環繞在這些花蕾周遭的是一片片堅實肥厚的葉瓣，它們緊緊重疊，像是父母親深怕他的孩子摔倒一般，隨時守候在旁、照顧維護。但這群孩子，終不解父母親的擔憂，肆無忌憚的直往高處伸展。偶而一兩顆還淘氣地張開它們青澀的小花瓣，抓一把陽光，探一會兒水滴的清涼。

小花蕾一天比一天站得高，一天比一天站得穩，它們的身軀逐漸茁壯，臂膀逐漸結實。其中幾顆猛抬頭，看到了蔚藍的天空、和周圍寬廣的世界，嫣紅的花苞立時相互奔告，幾十顆花蕾同時泛起蒙娜麗莎般神秘地微笑，彷彿怕被識破內心的玄機。花苞日漸成熟，修長婀娜的身軀變得豐腴圓潤，粉紅潔白的臉龐充滿了青春的活力。它們蘊含在體內的精力正如箭在弦上，再也無法駕馭。周圍環繞保衛的葉瓣擋不住這盎然的生機，和它們那股急欲掙脫束縛的決心，只好一吋吋讓出空間。頃然間，這幾十顆花苞逮住了機會，立時爭先恐後，排山倒海似的推開周圍的葉瓣，盡情展現它們艷麗的神采、毫不保留地綻放它們的笑靨，散發了一室春光。

我那被嫣紅觸動的心，急切的想去尋找這蓬勃生長背後的源泉；這才發覺，原來在這十幾朵怒放的蘭花底下竟有一枝不起眼的葉莖；它樸實渾厚，毫無雕琢，獨立支撐著所有艷麗的花朵。它體內蘊藏的資糧，毫不偏袒的平分在每一朵鮮花上，它從何時起就負擔了這樣的重任，我無法猜測。在我多日來讚嘆花蕾的美艷時，它不曾抱怨我對它的疏忽，也從不想引起我對它的注意，只是默默地耕耘，無怨無悔的付出。這下我望著它，心中深刻的體會到，沒有它的支撐，就沒有這些花朵的綻放。沒有它的奮力上挺，這些花朵絕無法在綠葉茂密中嶄露頭角，傲然聳立。

我想到父親的一生正如這隻支撐君子蘭花的莖葉，當蘭花綻放之時，我忍不住思念那在底下辛勤耕耘、默默支撐、提供資糧和營養的脈絡。父親生前常說：「父母想兒長江水、兒想父母一陣風」。像這些蘭花一樣，我們急欲擺脫束縛、只想自由自在的翱翔；我們自顧自往上攀升、只為自己的艷麗芬芳。當我們年幼脆弱時，我們理所當然似地吸取父母提供我們的養分；當我們長大了、成家立業、功成名就了，我們卻時常忘了回顧所來徑，任憑那在底下含莘茹苦的支撐著我們，在背後無怨無悔的扶持著我們的父母親在孤獨寂寞中凋零老去。

父親在去年八月份倏乎間辭世後，在我的心中，春天已然消逝。我雖然仍然看山看水、觀雲觀天，但我不再為山水雲天興奮得手舞足蹈了。我現在用我的眼、我的耳、我全心的靈魂更敏銳、更凝鍊的去感受、去感謝大自然給我的每一個啟示。像日出日落、像花開花謝、像春夏楓樹上的綠葉，到頭來都要在秋霜冬寒中向樹幹告別。然而，如同天空中的繁星，一顆墜落了，另一顆必在他處升起，顆顆有它的軌道，有它的命運；珠珠有它的星光，有它的職責。雖然，葉落了，樹枯了，但枯樹逢春猶再發；我相信，父親的風範將深植在我們的心中，父親一生不屈不撓的精神將在我們的生命中繼續展現。我也相信，所有曾經受到父親照顧的親朋好友都會本著父親一生樂善好施的德行、和勇於奮鬥的毅力來繼續幫助世界上受苦的人們。正如這一支葉莖孕育出十幾朵燦爛的蘭花，父親一生堅毅慈悲的種性必然會結出更多的果實來。

（2004 年 6 月 18 日刊載於大紀元時報「父親節特刊」）

聚散苦匆匆

走出新店捷運站，不到兩分鐘路程就上了碧潭橋。昔日朱紅搖曳的吊橋已不復存在；但新吊橋寬敞舒適，婀娜不遜當年。母親走在我們斜前方，拿著一支雨傘當枴杖；她一步步慢慢的走，我們一步步慢慢的跟。從吊橋的這一頭走到那一頭，她停下來休息了三次，每一次休息，她都要用手輕輕捶打右邊大腿和臀部。我想起三年前我回台灣時，母親陪我到重慶南路一帶閒逛，我們在台北桃源街找到一家老字號吃牛肉麵、在書店裡像年輕人一樣，盤腿坐在地板上看書，又為了找到一本好書興奮得跑去吃紅豆牛奶冰慶祝……。三年不過一晃間，怎麼母親變得如此不良於行？

這次回台灣看到最大的改變之一是台北變得好乾淨。馬路上不僅見不到垃圾，連張紙屑都難找。爸媽告訴我說台北現在實行「垃圾不落地」政策，每家住戶都得等垃圾車來時才能把垃圾拿下樓，再直接放上垃圾車。爸媽住在舊式公寓的五樓，沒有電梯。媽不良於行，因此拿垃圾下樓的工作就落在八十三歲的父親身上。那天我一時來不及，被爸爸搶先拿了垃圾下樓；他上樓來時，在陽台上站了好一會兒，我問爸爸是否覺得喘，他說：「不會哪！我在這裡看光景。」但我耳朵敏銳，早已聽出他凝重的鼻息，和語音的斷續。

我想起小時候，我們家五個兄弟姊妹經常和爸爸比賽賽跑，不知連續多少年，爸爸始終保持著冠軍的頭銜。我望著陽台上父親的背影，在這不算冷的天氣，他卻穿著厚重的深藍色的棉襖，頭戴呢絨帽，瘦削的身軀微微向前傾著。我的記憶在腦海中飛馳，現在和過去交織成重重的迷惘。忽然間，他回過身來，一張滿佈歲月的臉龐，一雙枯垂憔悴的眼睛，赫然在我眼前搖晃；看到我，他張口對我笑，退色的嘴唇間看不到一顆白色的牙齒。我一時愣住了，我那豪情萬丈、天不怕地不怕、能言善辯的父親，怎麼忽然間變得如此蒼老？

大年初二，姊妹們回娘家。按照我們家傳統過年的習慣，每個人都要在爸媽面前表演一個拿手節目。我們在美國日子愈過愈土，機智才華都比不上台灣的一群，尤其不能跟台灣年輕的一輩相比。我們絞盡腦汁也要不出什麼名堂，只好唱首老歌了事；倒是二姐女兒隨機應變的「數來寶」把大夥兒整得慘兮兮，個個笑得人仰馬翻。我不知多少年沒這麼放情的笑過，直笑得眼淚縱橫。坐在身旁的妹妹看我猛擦眼淚的狼狽相，笑得一邊打我，一邊說：「三姐，你老囉！人家說老的症狀之一就是：哭的時候沒眼淚，笑的時候眼淚流不停。」此話一出，在場所有眼睛都向我掃來，我更是笑得五臟六腑都擠成一團，淚水便在臉上皺摺中川流不息，濡濕了好幾張面紙。

那天晚上我們移師大姊家，一起觀賞白天錄下的錄影帶，我赫然發現錄影帶中的自己頭上禿了好幾塊，我驚訝的說：「哎呀，我怎麼頭髮掉那麼多！」外甥女聽了，一臉茫然的看著我說：「阿姨，你老早就這樣了。」我這才驚覺——原來我自己也早已齒危髮禿、老態龍鍾了。

在台灣十幾天的光陰倏忽即過。回到波士頓正好趕上十幾年罕見的大雪。從窗外望著外面一片白茫茫的雪景，腦海中浮起了蘇東坡的這首詩：

人生到處知何似　恰似飛鴻踏雪泥
泥上偶然留指爪　鴻飛那復計東西

想到家在萬重雲外，想到我這一生的漂泊，和不能在年邁父母面前晨昏定省、恪盡孝道的悲涼，真是不勝唏噓！

（2003年3月刊載於《麻州佛教會月訊》）

佛法難聞今已聞

在人生的路途上，我們經常會碰到一些轉折，每一個轉折都可能帶我們到人生的不同境界。多年前，我的讀書筆記上曾經抄下兩段相似的良言；其中之一是德國文學家歌德的這句話：「未曾徹夜哭泣者，不足以語人生」，其二是聖經詩篇上說的：「一宿雖然哭泣，清晨則必歡呼」。這幾十年來，每當我身陷絕望、萬念俱灰的情境時，這兩句話一直是我的座右銘。

法國大仲馬在《基度山恩仇記》一書裡，主要人物基度山伯爵跟他視為兒子般的馬西米蘭說過的一句話，也常常是我覺得自己在山窮水盡、走投無路的時候，還勉強能忍耐下去的支柱。這句話是這麼說的：「Live! The day will come when you will be happy, and will bless life」（活下去吧！總有一天你會快樂，會讚美生命的）。這樣的生活哲學，雖然也屢次平安的帶領我走出陰霾，但是，如同林黛玉的一生般，淒美有餘，卻總是少了一份生命該有的健康活潑。

皈依佛法六年多來，雖然心境較為開朗，無謂的煩惱也減少許多，但每當境界現前，疑惑總是若隱若現的在內心深處打轉。朋友們見了總是問我：你為什麼如此多愁善感？你學佛學了這麼多年，還跳不出這泥沼？不是白學了嗎？被問的次數多了，我自己也懷疑起來。像大海中失舵的迷舟，愈發搞不清方向，究竟自己學佛的抉擇對否？還是應該轉頭去尋求那把一切交託給神，只要「信」便得永生的宗教？

在這徬徨躑躅、不知何去何從的時候，繼程法師的翩然來到我們麻州佛教會普賢講堂，對我而言，如同黑夜裡尋著明燈、亂流中找到舵手，不僅使我的信念重新燃起，更讓我深深覺受「佛法難聞今已聞」的感動。

繼程法師七月中從馬來西亞風塵僕僕地來到波士頓。七月十九日晚上在勒星頓小鎮普賢講堂開始為期兩週的開示和帶領禪修。法師首先講授戒、定、慧的觀念，以及「止」與「觀」的修行方法，然後帶領三天的靜心禪坐課程。那兩個禮拜，我的身心像是經過一陣大雨的洗滌，覺得塵埃盡去、通體舒暢。繼程法師離開波士頓以後，我發了心，決定把他的開示一字一句的記錄、整理起來，以廣利有緣的學佛人。我花了兩個多月的時間，把錄音帶從頭至尾反覆聆聽、筆記；心中的感動並未因為聽過多次而減少。

繼程法師的開示，是這樣開始的：「所謂的戒定慧，基本上我們把它歸納在止觀……在修行止觀的時候，一定要把握一個原理：在次第上我們是講『先止後觀』；在用功的時候，『止』是基礎。修行的要義是『修慧為主、修定為輔』。但在用功的次第上，要修止為先、修觀為次。

在修的過程中，要完成『止』，有兩個很重要的作用，第一個是專注，第二個是覺照。所以我們的方法就包括了專注跟覺照。你把你的注意力專注在一個點、一個方法上面，同時必須要覺照到自己在用功，那個功夫才能夠持續、才能夠完成。在用功的時候，有時候我們不大分得清楚這兩個作用；我先用呼吸的方法來說明，因為這個方法大家比較熟悉。觀呼吸的方法有很多種：你可以觀呼吸的進出，有些直接觀鼻息，有些是用腹部的呼吸來觀，有些是教你觀呼吸的長短。不管我們是用那一種方法觀，當我們在專注的時候，有沒有另外一個作用讓我們知道自己正在專注？如果沒有的話，就是表示你沒有用上功夫。

怎麼樣讓我們用上功夫呢？剛才我們說觀呼吸的長短，呼吸長的時候你知道它長，短的時候你知道它短。不過觀呼吸長短有時候會出現一個現象，那就是，你會去控制呼吸。觀腹部呼吸是因為有時候我們觀不到鼻息，腹部呼吸進出動作比較明顯，所以在腹部上下進出的時候你就去看它的進出上下。若用數息，就是在觀呼吸時，用數目字來加強覺照力，使專注力能保持。

數息法是讓我們知道這個專注的作用一直在保持著。如果你發覺到你沒有注意在那個位置、或是數目字不見的時候，可能你的注意力就已經不在，而被妄念干擾了。如果你覺照的功夫做的很好，你會覺得，剛開始時它好像是兩回事，慢慢你會覺得這呼吸跟數目字越來越靠近，靠近到你覺得不需要一個數目字來提醒你去覺照，這個時候你就會把數目字放下，那個時候就隨息。

隨息隨到某一個階段，呼吸就愈來愈細，細到你不想讓這個運動——因為呼吸再細，它還是一個運動，你就會把注意力放在鼻端這個部位，到你能注意到那一個點的時候，一般上它都只是一個意識上的一個影像，而不是身體上的某一個點，那個時候就是『止』。呼吸的專注還是動的，到點的專注時你就感覺到它是靜止了。用功的情況每個人不完全一樣，有些人在隨息的時候已經感覺到那個呼吸不是外在的，而是意識裡面的一個影像，這樣他也可以慢慢進入到『止』。

在動態用功的時候，我們要覺察到我們的每一個動作。這個覺照是一種訓練，訓練你在每一個時刻都知道自己在做什麼。覺照跟專注的作用沒有分開；你不專注，你沒有辦法覺照的。

很多時候，我們一些禪觀的方法是注重覺照，不太重視止的功夫，以為覺照就能夠達到觀的效果。但是我們要注意，有些人認為覺照的時候，每一個動作我都了了分明，就是經典上，或是有些禪師常說的『活在當下』，其實不是！當我們覺照的時候，是那個已經過去了的因緣我們才觀察到它；妄念是在前面，我們覺照的作用是在後面追它；我們訓練到某個階段都還是這個樣子。所以你看，如果是觀身體的覺受的話，是那個覺受的作用存在了，你才觀察到它，不是當下；其實它已經是過去了，如果我們以剎那生滅的過程來講……那只是看到緣生，不是看到本性。我們很多時候是把觀到緣生當作是觀到本性，這個誤解要調整一下。」

法師說到此處，我心裡起了讚嘆：啊，原來我們常掛在嘴邊，告誡自己或他人要把握的「當下」根本是不存在的；你說「當下」的時候，當下已經過去了。逝者如斯夫，如同流動的河水，那一滴水能留住在某個定點上呢？那一段時間能停頓讓我們把握得住呢？

繼程法師繼續闡述「觀」的概念說：「到觀的階段，就是我們要把握正見的的時候。你用什麼來觀，這個很重要。正見不具足你觀不下去！觀有幾種方式：一種是依理來觀，這就有一些思維的作用；比如我現在看到妄念起伏，我知道妄念生滅，我就印證到佛法所說的無常，因為它一再生滅就是無常嘛！這個時候看到的無常，跟我們平時所知道的無常的理不一樣的，理是知道，這個是體會。

如果你對理掌握清楚，平時又多聞薰習，不斷的去剖析無常，分析為什麼無常會運作，因為它是組合性的；無常不是斷的，從前一個剎那到後一個剎那不是忽然變過來的，而是由許許多多的因緣不斷調整運轉變化過來的，從這各各因緣產生變化的過程看來，你就知道它沒有一個主體、沒有一個實體，這個就是無我囉。

為什麼我們有時候覺得在修學的時候，好像蠻困難的？因為我們必須要同時具備『戒定慧』三學。慧的部分是從聞思進入到修；如果你聞思的部分不夠，要進入到修的時候你就無從起觀！

如果對生命個體不了解，你到底要斷什麼煩惱，又為什麼要修行？你弄不清楚！你要深切的去體解到這個苦，然後你才會想去了解這個苦的根本是什麼；知道苦的根本是什麼以後，你才會去想滅掉這個苦；想要滅掉這個苦，你才會依這個法來修行。

所以我們在修『止、觀』的時候，這些基礎如果不夠的話，多數就只能停留在『止』的部分。即使是有『觀』的話，也只是一般的思維，不能用本性觀來觀所有的事相。如果不能用本性觀來觀所有的事相，這些事相都還只是事相；就算你能夠觀到多清楚，每一個妄念在動的過程中，你都能夠看到，你還是不能斷掉它，因為你不知道它的本性是空。

『戒、定、慧』三學是相輔相成的。為什麼我們看修行好像不是很難，但是卻總是難成就，主要就是因為我們常常只注重一個部分，而忽略了其他部分。我們叫『增上三學』；所謂增上，就是說你『定』的功夫修得比較好的話，對守戒有幫助，也是修慧的基礎；『慧』的功夫加強了，對守戒和修定也是會有幫助的。『戒』的功夫做得好，懂得讓它的力量增上，它幫助你修定跟修慧；但是最終的目標一定要用慧來連貫全部。

我們在剛開始修行的時候，常常沒有辦法三方面都顧到，因此可能偏某一部分。如果有所偏廢的話，你會發現，到某一個階段，進步會很慢，甚至會停留在那邊。那個情形就是告訴你另外兩部分不夠。有時候你打坐打得很好，止了，可是你不知道進到那種情況後要做什麼；那就是慧不夠嘛！或者是打坐的時候妄念特別多，我們所謂的戒不只是五戒而已，還要包括呵五欲、棄五蓋，這些戒沒有做好，定就不容易成就。

如果你修定修到某個程度修不上去的時候，你就去多聞薰習，轉移你的注意力；那個時候你會發現你想讀的書都是比較有思想性的書籍，而且以前看不懂的現在都比較容易懂，因為你的心細了，思維的力量比較敏銳了嘛！反過來說，有時候讀書讀不進去的時候，你可能要多修定呵。因為你的心不夠細，所以比較細微的部分你進不去。

止和觀的運作，是一層一層的進入，進入到某個階段，你要轉觀。沒有本性觀的話，你切進去的時候，也只能是普通的思維而已，你不能觀到心的無常。我們要注意，四念處雖然說是『觀身不淨、觀受是苦、觀心無常、觀法無我』，其實最主要的是在後面的部分；前面部分是帶我們進去；所以，觀身不淨、觀受是苦，讓我們發出離心；要到觀心無常、觀法無我的時候才能進入到本性。

在觀的過程中，你慢慢的會發現到，觀身不淨的時候，你也要觀身是苦、觀身無常、觀身無我；觀受的時候也是觀受不淨、觀受是苦、觀受無常、觀受無我；觀心、觀法的時候也都是如此，最後一定是無常、無我。這無常、無我，是我們觀法的重心。你必須用這種觀來觀世間所有的現象。

其實從十二緣起的觀念來看，觀『受』已經是隔了一層了，要觀『受』上面的那個『觸』！因為『受』已經有情緒的作用加進去了。其實我們在觀心無常的時候也是一種觀觸的作用，因為我們的意根緣法塵，所以在緣法塵的時候，根塵接觸也是觸；所以你觀到『觸』的時候，你是『明』還是『無明』？

明的話，就是你觀到這個觸的作用是因緣和合，它一定是無常無我。觸既是因緣和合，它本性一定是空。你一觀到空的時候，接下去的受、愛、取也就不會運作了。

『觸』一定會產生，我們平時都在觸，但是我們的觸包括了愛、取，或者是愛了以後會嗔、種種的煩惱心所交雜在一起。因為你在觸的作用產生的時候，生起來的是無明，無明的話，煩惱跟著轉。如果是明的話，你在觸的時候只是了別，了別了以後就知道色法是什麼，什麼在緣色法。知道了以後，就了解它的本性是空，那個流轉的作用就不會運作。

我們在修行的時候要記住：不要操之過急！這個很重要。我發現很多人就是想快點見到效果：最好你告訴我一個方法，讓我現在就開悟；或者是至少修個三、五年就能開悟。我們現在最大的問題是在於我們妄念太多，所以佛陀說『眾生皆有如來德性，只因妄想執著不能證得』，你看我們的心裡面充滿的都是妄想、都是執著；每一個念頭都是妄想、執著，你現在要一下子把它通通清理掉，不是那麼快嘛；所以一定要慢慢收回來。開始的時候是讓那些比較粗層的妄想慢慢脫落，開始是被動，我們只能修『止』，讓它慢慢脫落；到我們止的力量，覺照的作用加強了以後，我們就用觀想去應對它，那時候我們就慢慢變成主動。我們要去放下這些煩惱、要去掌握正見，那就不是讀一兩本書就行的囉，你要從別人的經驗中去學，學了以後要經過自己的思考，而且不是很粗的思考，而是比較微細的思考。在思考的過程中，慢慢的去體會，一層一層這樣子進去。進去了以後又不是單線的喲！我們很多人修行，以為只要往一個方向一路下去就行了，不是的，『戒、定、慧』三學一定要相互增進。

所以有時候，你發覺你某方面的功夫用的不好，它就影響其他方面的功夫；或者是你太偏重某個部分，到了某個地方你就進不去了，那你就知道其他功夫可能不足，那麼就要加強那個部分。你打坐坐到某一個階段不太能上進的時候，你去多聞薰習，多閱讀一些佛書，而且那時候你想讀的佛書都會是比較有思想性、有真實體驗性的書籍，學者的東西你會慢慢放下，它可能前一陣子幫你理清一些東西，但是到後來你就要看那些真正通過思維、有智慧的書籍。你看了以後會比較容易相契，相契合了以後，你再進來修止、修定的時候，就會發覺它就產生作用了。

如果你看書看到不太容易深入的時候，那你就回到止靜的功夫上去用功。當然，如果你平時兩者都能平衡發展，生活也都調得比較平淡，即使外在生活有高低起伏，但是你的心境能保持平和的話，這樣長期下來，戒定慧三學就相互增長了。

有時候我們在修學佛法的時候，會發現一直用不上力量，等一下發覺這個力量不夠，等一下發覺那個力量不足，那就是因為我們在用功的時候，沒有把相互增上的作用連貫起來。我們要時時檢討自己平時用功的時候多半偏向那一方面，要知道自己那裡不足。所以我們在修行的時候，前面一定要放一個『精進』！那些世俗的東西，在下面拉住你的東西要慢慢放下啦！不放下你就爬不上去，你就沒有辦法專注。就像你爬山，要爬到最高點，你還背那麼多東西，那你就上不去啦。所以我們看到修習佛法的人很多，但成就的人很少；唉！也沒辦法，這個世間本來就是這樣，越往上面去的，越少。

但是我們也不要以為這樣我們就沒有機會了；我們每一份功夫用上去都不會白費的。你每天多打坐一分鐘，多看一些有思想性的佛書，都不會白費的。在生活中能夠每一個時候都盡量減少你的煩惱，跟別人相處的時候都盡量去考慮別人的利益，你不會損失的。很多人說：『哇！我要得到很多東西。』，我告訴你，你得到多少東西的同時，你就付出多少代價！因果是公平的。你捨下多少，相反的，你就得回多少。有一天當你能捨下，連你應該得到的東西你都能捨下的時候，當你空掉一切，空掉包括自己所有的一切的同時，你就擁有了整個法界。

其實在生活中，如果你都能處處為別人考慮，經常想到我能夠為別人付出多少，在那個心態的運轉過程中，你的修養就會不斷的提昇，在修行上就會有所助益，就會產生力量。如果你從別人的地方得到愈多的時候，你的修養就愈降低。我們不要以為我佔了人家一點小便宜，就很開心；我告訴你，表面上你好像得到很多東西，其實你失去的更多，失去的補不回來。不是嗎？修養一旦失去，你怎麼去補回來呢？很多修養是無形的，我們看不到的；我們要在內心裡不斷的提昇自己，當我們的修養逐漸提昇的時候，我們就會發覺，對外在的一些要求，甚至平時我們非要不可的，這時就會慢慢的放下。你不會覺得那個很重要，你會知道，那個會過去的。就算你得到再多的東西，你又能保持多久呢？但是那個修養在你內心就是你的。所以，你就知道，我們在生活的過程中應該怎麼去調和自己，我們的能力能夠怎麼樣去發揮，怎麼樣讓精神的修養去產生作用。當然，我們也不是要故意表現給人看，說我很有修養，那樣表現的修養不是真的，真正的修養是自然流露的，所以說『平常心是道』嘛！

其實我們每個人都有清淨的能量，有清淨的本性，我們都有佛性嘛！所以我們就盡量讓這種力量提昇起來，減少這社會的負性作用，加強正面的能量作用。我們所謂的結善緣，不是說我樣樣依你，每天給你一點禮物，你就跟我好，不是的。你看有一些人，我們一看到他就覺得歡喜，很喜歡跟他接近。因為他放射出來的就是一種正面的能量。如果你平時在打坐用功的時候，能夠讓自己的能量加強，能夠專注，能夠覺照，能夠常常用正法思維，一直提起正念，這些就都會轉入到你的日常生活裡面去。每天都很專注自己在作什麼，你就不會讓負性的能量去干擾你，妄念來了，知道它是不好的，讓它消失。這樣不停的醞釀，不斷的累積自己的修養、自己修行的條件，等到條件具足了以後，你修定、修慧就都不會太難，就能貫通了。

所以我們看到一些人，到條件具足的時候，很自然的就上去了。你達到那個程度的時候，就不退轉了嘛。我們在佛法修行的路上，最先要達到的就是信不退；可能我們的境界會退，但是我們對佛法的信心不會退的，很堅固的。修到某個階段就境不退，不管當時惡業怎麼現前，可能你以前潛藏很多惡業，因為你在修行的時候，它一直沒有機會發揮，到你要進入某個階段的時候，這些惡業會現前；像佛陀在修最後那個階段，也是煩惱現前，但是他還是精進用功。

只是我們現在不行，念佛念佛念了一陣子，又被妄念牽走了。有時候講起來好像修行功夫不錯，但是外緣一出現，又把我們的功夫沖走了。所以我們一定要不斷的精進用功。別人可以提醒我們，幫我們一些忙，但是自己一定要努力，要經常在內省察。當然，我們也不必一直想去排除外在的一些東西，因為每件東西之所以顯現出來，不管是好是壞，都是因緣具足的，它都合乎緣起法的。但是也正因為它是因緣具足，所以它的本性是空，你就看住那點——緣生性空，那你就不會受它干擾。修行就是這樣子了。」

……

二〇〇〇年七月的那兩個星期，法師以他獨特的溫和、懇切傾囊相授，不僅在佛法的修持上提供精闢的見解，在如何陶冶人生修養上更是語重心長。他提醒我們要有健全的人格，闊達的心胸；尤其在他說道：「當你把一切都捨下，連你應該得到的，你都可以捨下的時候，你就擁有了整個的法界。」這句話的時候，雙手往身旁一張，袈裟袖左右飛揚，彷彿遍盡無限虛空。我當時深有感觸，原來自己一切的疑惑、一切的感傷、一切的自憐、一切的苦惱都是因著一個過度的自尊！

繼程法師的教導使我重新體會到法味的甜美。我們有時候感嘆善知識難求、良師難遇，其實很多時候是自己偷懶的藉口。我曾經聽過一位教授這樣說：When student is ready, teacher appears.（當學生準備好了的時候，老師自然會出現）。我現在相信，只要我們有心學習，有心求知，每個人都有可能碰上與自己相應的善知識。但願我們大家都能發深心與長遠心，好好努力學習。

（本篇部分內容曾在 2000 年 9 月刊載於《麻州佛教會月訊》）

註：本文引述繼程法師的開示僅僅是全部內容的一部分。完整的演講內容筆者在整理完竣之後就寄到馬來西亞給繼程法師校正保存。法師慈悲還回贈了一幅他親筆寫的宋朝無門慧開禪師四句詩的小楷。這珍貴的禮物我一直珍藏著。

春有百花秋有月
夏有涼風冬有雪
若無閑事掛心頭
便是人間好時節

無門禪師詩

太平繼程

披荊斬棘的繼如法師

十月中，應外子工作需要，我去了一趟芝加哥。外子接到我的第一句話是：「你的皈依師父要來芝加哥主持觀音法會，要不要去看他？」我一聽就樂不可支，當下要求外子無論如何把週六早上的時間騰出來，以便到正覺寺去拜望繼如法師。

正覺寺位於芝加哥市北邊，當地居民許多來自越南、緬甸或寮國。寺院外觀除了「正覺寺」三個字之外，跟一般住家店面沒有兩樣，如果不抬頭看，很容易過門不入。進了門，大廳左面供奉武聖關公，右面又有其他神明，正面則是三尊碩大、金身莊嚴的釋迦牟尼佛和觀音、地藏兩菩薩。繼如法師告訴我們當初他如何引導本寺從神佛不分到今天總算有點規模的經過：「我們在人家的土地上，必須要入境問俗，慢慢引導使入正途，不是一下子把人家原有的信仰打斷，那樣會引起反感和反抗；他們要拜關公，要拜神，就讓他們拜，至少那可以培養善心，但是我要告訴他們那不是究竟……」

由於離法會時間尚早，師父又帶我們參觀二樓。樓上有兩間寮房，一間禪堂，和一間給師父休息的房間；禪堂小而精簡，大約可以容納十人左右。與繼如法師同來正覺寺的智妙、空心兩法師透露說，如果有經費，將來他們想把後面陽台打出去，好讓禪修學員有地方住。

法會開始前，師父很體恤的對我和外子說：「你們要是忙，就不一定要留下來參加法會。已經見著了就好了。」但從芝加哥到聖路易要開六個半小時的車，從波士頓到聖路易更遠！好不容易見著師父，我和外子都不願匆匆離去，因此決定至少留到法會開示之後再走。這項決定使我這次在芝加哥的停留劃下了最完美的句點，也使得外子對披荊斬棘的繼如法師更加感佩。

師父對大眾開示說：「你們走進寺門，不是放些水果，捐些錢，跪下來拜拜，求福求平安就夠了。觀世音菩薩是什麼——是我們的一面鏡子。我們要學習觀世音菩薩千手千眼的精神，以千隻眼看千件事；不要把眼光侷限在小節上，不要把焦點集中在太微細的事務中，以至於缺乏宏觀的眼光，無法看到宇宙萬象……千手是什麼？千手是要你學習菩薩的手，向上的時候隨時拉人一把，向下的時候隨時能放得下……真正的佛法是要你練習如何面對自己；能清清楚楚、明明白白面對自己的人才有真本事，真本事不是在這大廳拜拜就可以訓練出來的，是要更上一層樓，到樓上禪堂去面對的……」

當天師父的開示是以三聲帶向現場信徒傳播，師父自己國、粵語交互使用，一位越裔華僑則做越語現場翻譯。我從沒有聽過師父用廣東話說法，那天聽了才知師父功力之深，也許因為廣東話是他的母語，因此在措辭用語、語調聲勢上格外扣人心弦。最後師父以這首詩句做為開示的結束：

若不回頭，誰予汝救苦救難？
倘若轉易，何須我大慈大悲！

雖然師父在一九九四年到聖路易開山闢地之後，在我們麻州佛教會出現的時間明顯減少，但是他的理想、精神，仍然如影隨形的影響著我們。為了讓佛法在美國本土生根，他除了籌畫人才的培養之外，自己也努力學習英語；為了讓當地民眾對東方佛教不排斥，他在努力敦親睦鄰之餘，又開授太極拳班以廣結善緣。正如師父所說：「佛法從來就沒有落伍！落伍的是傳揚的方式。」

我和外子在午供之前離開正覺寺。走出寺院不到五十公尺處，一座宏偉壯觀的教堂在正午艷陽下驕恃睥睨，我回頭望著簡陋寒酸的正覺寺，心中忽覺悲淒。外子似乎看出我的心事，輕輕說了一句：「多幾個繼如法師就好」。

（2000 年 12 月刊載於《麻州佛教會月訊》）

虎落平陽

我一直以為自己是一個能屈能伸的大丈夫，可退休之後的第一份工作卻讓我更認清自己，也吃盡苦頭。苦，不是工作的苦，而是心理上老放不下身段的苦。我這才體會到「能屈能伸」委實不易呀！

剛退休的第一年就碰上了全美經濟大蕭條，不僅退休金縮水、投資報酬率也跌到谷底。想想自己也還年輕、又有學歷經驗，就想試試看找個工作貼補家用。退休後找工作嘛，標準自然與年輕時不同，不想負太多責任，要事少錢多又離家近。當然這三個條件很難同時存在，可至少要有兩個吧！最後找到了一份在大學圖書館裡做助理的工作，三中取二，勉強過關。

我在台灣的大學裡教過書，又在行政機關裡當了好幾年的主管。來美後在新英格蘭地區公共圖書館又做了十幾年的頭兒，因此對自己的能力和經驗是頗為自負的。做個圖書館助理對我而言當然是屈就，但是既然退休後重回職場，那就不能太挑剔。大丈夫能屈能伸嘛，沒什麼大不了。

沒想到上班第一個月就遇上了挑戰。新英格蘭地區文化水平高，圖書管理制度比起我現在這個圖書館那是高明進步多了。加上我近三十年當主管的經驗，因此很自然的就在工作上習慣性的提出許多改進意見。開會時也不免說幾句自己的看法。有一天我的老闆把我叫進他的辦公室，很嚴肅的對我說：「我要提醒你，今後你要提意見，必須先跟我提，再由我在會議上提。」我聽他這麼一說，先是一愣，繼而一股熱流直往上竄，「你算老幾，居然這樣跟我說話！」我心裡正嘀咕呢，老闆接著說，「你要記住，我是你的主管！」

此後，老闆還交給我許多工作，那工作簡直就是工讀生的工作，和我的資歷經驗根本不能相稱。我也跟老闆提過，但他說，所有的圖書館助理都得做這些；什麼職位做什麼工作，這是定律！

後來我才從同事中知道，美國大學裡的圖書館向來階級分明，就像律師事務所那樣，職位低的就得服從職位高的，別看這裡只是個社區大學圖書館，「官大學問大」做得可徹底呢！想想自己做了三十幾年的事，可也從未對下屬厲聲厲色過呀！真是世風日下！

第二個月月底，我寫好了辭職書，正要上呈時，被一個好心的同事擋住了。外子也恩威並用的說我是，「嘴巴說自己是能屈能伸，事實上還不是像蘇東坡那樣，一屁就可以過江來。」為了證實自己確實是大丈夫，我撕了辭職書，繼續工作。如今三年過去了，雖然偶而還是有那麼一、兩次熱流上竄、心上嘮叨、暗暗嘀咕這些不識貨的「犬」輩；但是每天上班辦些不花腦筋的事情，時間到了就下班，啥事也無，心情還真是輕鬆自在呢。再說，每隔一週就自動入帳的薪水，也真個把我這隻曾經驍勇善戰的猛虎馴服了。

（2011年1月28日刊載於《世界日報》副刊）

念頭與行為

二〇〇〇年四月二十二、二十三兩日，道隆法師在麻州佛教會普賢講堂講授「心智的培養」，講演內容十分豐富。其中所提兩個概念，一直在我腦海中縈繞。

法師在回答我的問題時，反問我們：「在前一念跟後一念之間，是什麼促成了念頭的實行？」底下鴉雀無聲，沒有人回答。法師見狀，給了我們一個暗示說：「一個字！在佛法上很重要的一個字。」。在座的同修們三三兩兩冒出幾個字來，法師均搖頭不語。過一會兒，他轉身在黑板上寫下了這個字：「緣」。

啊！我恍然大悟。可不是嗎？「緣」，換個方式講，不就是「條件」嗎？我們的種種念頭，種種思想，若要變成實際上的一種行為，不是需要靠著諸多條件嗎？一個善念若是沒有適當的條件，終究不能成為一件善行。比如我看到一個無家可歸的流浪漢，在地鐵站旁乞食，如果我身上一毛錢都沒有，縱然我想幫他解決飢餓，終亦無法如願。換言之，一個惡念如果沒有碰到適當的「緣」，也不至於演變成惡行。比如我痛恨一位同事，想跟他大吵一架，沒有遇上特殊的機緣，架也吵不成。「念」有善惡，「緣」無好壞，但兩者交互作用後即有善惡之分。因此，仍是凡夫俗子的我們，在還不能完全掌握自己思想或念頭的善惡時，選擇簡單樸實的生活環境便成為極端重要的課題。

我們現在所處的社會，有太多趨尚奢靡的風氣、太多虛浮空泛的應酬，人際關係錯綜複雜、物慾桎梏牢不可破；要讓善念前後一貫，水到渠成的機會，常常被追求歡樂旖旎的慾望沖得煙消霧散。除非我們願意下定決心改變對功利物慾的追求，回歸淳樸恬靜的簡約生活，否則永遠無法明心見性，獲得精神的自在和豐盈。

我相信這也是佛門中強調禪修的重要的原因；也就是說，當我們的功力還沒有達到某一個程度的時候，我們只有先關起門來，先讓自己不受外界引誘，等到功力足了，再到外面境界裡去磨。就像武俠小說中經常描述一個人物閉關學習武功，等到武功到了一定程度，才下山闖蕩江湖樣。假如我們真能修行到「無心於萬物」的程度，那我們也就不怕「萬物假圍繞」了。到那個時候，我們也就能像菩薩一樣遊戲人間了。

道隆法師提出的另一個概念是對「善」的詮釋。法師說：「善者，順益義也」。「順」即是「無我」，也就是金剛經上所提的無相布施。換句話說：一個人在行善時不應該有「我在行善」的觀念；更不可以有施恩圖報的想法。「益」是對眾生今世、來世都有益處的意思。如果用這兩個條件來衡量我們日常生活中所做的所謂「善事」，自己捫心自問看看，有多少件真正稱得上「善」？想想看，我們有多少次說過類似這樣的話：我為你犧牲、辛苦了大半輩子，你是這樣來報答我的嗎？我們總是念念不忘自己的貢獻，做每件事，總是有所寄望、有所祈求，我們連儒家所說的「施人慎勿念」都做不到，更遑論菩薩之「不住色布施……」！想來我們修行的路還真是漫長遙遠哪！

（2000 年 6 月刊載於《麻州佛教會月訊》）

聞名及見身──葉曼女士

跨過中年的門檻才越是感覺到人生像是個圓圈。想看的書是從前看過的古典名著，想看的電影是從前看過的經典片，想知道的是記不清楚的童年往事，想探究的是兒時夢幻中奧秘的蒼穹。但儘管想，卻也知道過去的回不來，那些都不過是空想罷了。但是我怎麼也沒有料到，從前年輕時候崇拜而渴見的人物，居然在二十幾年之後，真有這樣的機緣親眼見到，而且還被安排為接待她的人員之一。

曾經，婦女雜誌的「葉曼信箱」是我每月必讀的刊物。寫信者多半為情所困、為愛生愁，他們的問題不特殊，他們的困擾挺平常，但是真正吸引我的其實是回答者的睿智和幽默。一九八八年隨同夫婿來美時，舍妹送了我一套葉曼女士的《達摩祖師的六入四行》錄音帶，我才第一次「聽」到葉曼女士那純正漂亮的國語。這十幾年間，我陸陸續續閱讀、聽聞了許多葉曼女士的作品，對她廣博的知識、精闢的見解、和求知的熱忱十分敬佩。

這次葉曼女士在哈佛大學科學館的演講，我分配到的工作是做聽眾朋友發問的代言人，因此有幸坐在第一排，和葉曼女士「面對面」交談；看到她以八十七歲的高齡，居然古詩歌賦朗朗上口、佛經律典隨興引據，同時思路清晰、神采奕奕，我的心中真是充滿感激，充滿讚嘆！她是個「智慧人」、她是個「惜緣人」、她是個「學佛人」。我心裡除了默默祝福她身體健康，能繼續為年輕人解惑、開導之外，也期許自己能好好學習、好好惜緣，也許能有一天也成為八十高齡的「智慧人」。

（2002 年 4 月寫於葉曼女士哈佛大學演講之後）

似曾相識

很久很久以前，我曾經做過一個夢：夢裡我孜孜不倦的在地面挖掘，挖到夠深的時候，我便拋下一捆繩索，沿著繩索滑溜下去；穿過黑暗，穿過深淵，最後出現在紐約曼哈頓街道的一個大水溝裡。

很久很久以前，我曾經做過一個夢：夢裡遍地蟲豖蛇蠍，我孤單單的獨自在叢嶺間爬行，前不見古人，後不見來者。幾番山頭過去，最後來到一個深而又深的庭園，兩旁出家人沿路站立，梵音佛號清晰不斷。

這兩個「很久、很久」之間，如果用日曆來算，中間相隔將近四十年！但在我回憶的念頭空間裡，卻只有倏忽剎那。

時間的定義在哪裡？

空間的範疇在何方？

如果有一天，我飛越火星、木星、土星、天王星，來到遙遠的海王星，那麼我的春天就有一萬五千多個日子；如果有一天，我能飛得比光速更快，那麼我就可能在不同的地點同時觀賞到「過去」、「現在」、和「未來」。

然而，什麼是「過去」？

「現在」又在哪裡？

「未來」呢？

當我們在黑夜裡看到天空中一閃星光的時候，那道星光早已在蒼穹間旅行了幾十、甚至幾百年。那發出亮光的「體」究竟還存不存在有誰知曉？宇宙不停的在延伸，星球不斷的在生滅，銀河系孕育了萬千星球，可也埋葬了萬千星球。在這生生滅滅之中，你曾經是我，我曾經是你，你我原是一體，你我何曾分別？

繼程法師的「禪燈」一書中有這麼一段文字：「當我死的時候，請別為我哭泣；當我死的時候，請為我祝福；當我死的時候，請將你的悲痛化為期待——期待每一個新生命的誕生；因為，我將會是其中一個新生命。請用愛護我的心去愛護每一個生命。」當我讀到這一段時，心中感慨萬分！哦，朋友，請不要遲疑伸出你的慈悲手，我們本是同林鳥，我們相遇必有因；朋友，請不要吝惜付出你的無私愛，你我相逢自有緣，你我本是同根生。

（2002年2月刊載於《麻州佛教會月訊》）

未曾許諾的玫瑰園

警察局通知我的時候，我簡直無法置信，這對曾經讓人人稱羨的模範夫妻，竟然走到了刀刃相殘的這一步！

領著夢潔走向停車場，她的心情顯然平靜不少，但從她疲憊的面容上可以看出來她受到極大的痛苦。坐上車，她緩緩地對我說：「我把廚房的菜刀對著王義捧過去，他的手臂被刀割傷了，流了好多血。」我聽了之後，長長的嘆了一口氣。

夢潔是我大學時候的好朋友，聰明、漂亮，能幹又出眾。畢業之後在事業上青雲直上、一帆風順，二十八歲就當上了中上級主管。後來因為王義出國留學念博士，她就把國內金飯碗的工作辭了，相偕來到美國。初到異國，語言不通，工作也不容易找，她只有暫時待在家裡。我曾經勸她到大學去學習英文，但她說：「我一個碩士生，能跟那些沒怎麼受過教育的人當同學嗎？」我也勸過她先隨便找個類似收銀員般的工作，一方面增加些家庭收入，一方面也跟人接觸接觸、學習英文會話，免得在家裡待久了悶出毛病來。但她不願屈就，說是讓人家看到了多沒面子！這樣蹉跎了好些時日，她開始見面就埋怨生活，看什麼都不順眼。尤其看到一些學歷、經歷都不如她的人竟然有工作，有錢賺，她更是牢騷滿腹，心裡不平衡。孤獨、寂寞，加上王義因功課繁重，無法隨時陪著她，使她脾氣愈來愈暴躁。王義曾經告訴我說：夢潔簡直變了一個人，常常對著他吼叫，有時候又好幾天不說一句話。他們的生活好似從天堂走進了地獄。

這次事情是鬧大了；雖然王義的傷只是皮肉，但夢潔的行動還是受到了法律約束。不得已，我只好讓她暫時與我同住，但我給她開出了條件：要不就選擇去上課學英文，要嘛就出去找工作。夢潔選擇了前者。就這樣，夢潔成了她原本十分瞧不起的社區學院的學生。

這所社區學院有許多學生來自世界各地，其中不乏各行各業的佼佼者。這些新移民只因來到異國，言語不通，一切只得從頭學起。夢潔的班上有位從中國來的外科醫生，為了孩子，舉家遷來美國，現在在這社區學院裡上英文課，準備註冊學護理，然後找護士的工作來養家。夢潔認識他以後，性情上有了些許改變。是誰說過：「當我發現你也孤獨的時候，我的孤獨便得到了安慰。」也許是這種

「同病相憐」的感覺，也或許是她從別人的際遇中了解到自己的遭遇並非獨一無二，而且有些人的境況其實比自己更淒慘；夢潔的抱怨少了，但也愈發沉默。偶而她也很晚回家，說是放學後待在圖書館與同學一起討論課業。

六個月之後，她搬離了我的公寓，另外租屋居住。我們的聯絡也中斷了。再見到夢潔的時候，已經是一年半後的事了。

那天在洛城一個中國餐館裡見到她，她的身邊坐的是一個美國人。我們相約一周後在他們家見面敘舊。以下是夢潔當天對我傾訴內容的片段：「來美國之前，我真的是天之驕女。功課好，做的是上級白領，又嫁了個好老公。我爸媽在親戚朋友間每次提到這個女兒總是昂起頭、驕傲得很。之後我們隨著潮流，順理成章的出國，想當然是要在美國這塊土地上開花結果，揚眉吐氣，再把父母接來美國，讓親友們羨慕。這是我們這一代從小被定型的觀念，不是嗎？

可我沒有想到，來到美國後居然覺得自己什麼都不如人。出去買東西話說不清楚，還遭店員大嗓門地質問，我們這些在國內被捧上天的一代，怎麼能受這樣的氣呢？還有，看到那沒讀什麼書只是在家裡替人理理頭髮的都能比我賺更多錢，心裡很不是味道。去上課後，又看到那麼多新移民到美國來都是屈才，做一些在自己國家時根本不屑做的工作。這些都是何苦呢？那時候我總是怪王義，覺得都是為了他我才虎落平陽受這些委屈；可我也不願意讓父母知道，總是報喜不報憂，瞞著他們。後來跟王義的婚姻起了波折，使我更不能接受。我這個萬能仙女居然連自己的婚姻都保不住，不是叫人看了笑話嗎？這種種情緒日積月累，就愈來愈難以控制。

近一年前，我遇見了我現在的先生，他是個牧師。在我瀕臨精神崩潰的邊緣，他跟我說：『世人都想拼命穿上各色各樣的外衣——名譽、財富、事業、兒女……以為穿上愈多那些外衣，就代表你的價值愈高。但是上帝說，那些外衣都不是你真正的面目，脫掉你所有的外衣，剩下那個赤裸裸的你，那才是上帝所愛的你。』我感動的哭了。我覺得我們中國人從小就被教育成要為別人而活，為別人的讚美、社會的評價而活。我們活在一個『比』的社會，什麼都要比，比誰的房子大，誰開的車好，誰賺的錢多，誰的孩子上常春藤學校，誰的成就高……生活好累，根本不知道自己真正要什麼，要怎樣來讓自己快樂，真的是好累！

現在我想通了。這個世界沒有伊甸園，美國也不是天堂。我選擇留在美國不是因為我不敢面對國內的親友，而是因為我不想浪費時間去解釋許多說不清楚的事情。人活著要為自己的生命、自己的抉擇負責。怨不得別人。」

夢潔的際遇和她的這番領悟值得我們深思。我希望我們每個人都能多花一點時間來跟自己對話，來學習如何珍惜自己，愛護自己，過一個身心健康的生活。

（2015年華府「美京華人活動中心」「心理健康360」徵文比賽得獎作品）

草地上的黃金

去年遷來新居，看看四週草坪僅是舊屋草地的十分之一；我下定決心一定要把它維護得厚實綠嫩，再不能像在舊屋時期，任憑它雜草叢生、荒蕪乾枯。因此從初春開始，我就學著一般美國人家施肥、除蟲、除雜草、澆水等等。週末的時間都在前、後院中度過；雖然經常是纖指黑黑，兩膝粗糙；但是心裡有著期待，有著盼望，有著一股等候豐收的驕傲。

一日早上醒來，發現草地上冒出幾朵黃澄澄的小花，襯在碧綠的草坪上顯得春意盎然；但是隔壁的友森先生警告我說：這種叫蒲公英的植物，是草地最大的敵人。它的根在鬆軟的土地裡可以長到三呎長；如果不連根拔除，而只去除一部份的話，反而會更增長它生長的速度。他又說：蒲公英的傳播無遠弗屆，只要稍一縱容，不儘快將之除盡，則很快會影響左鄰右舍草坪的綠質。

我聽了之後，當下就抱著斬草除根的堅決意念，立刻捲起衣袖，拿起揪鏟，亦步亦趨的跟隨著那像獅子牙般的鉅齒狀葉，見一株挖一株。但是說也奇怪，平時當你不注意時，再大的東西也容易視而不見；一旦你開始注意了，卻不管它怎麼小，你都看得一清二楚；這時放眼望去，才發現哪裡是幾株而已，草地上竟然遍地都有它的子嗣。

那以後，一連兩、三個禮拜的週末，我都蹲在草坪上拔蒲公英。儘管我孳孳不息，勤勉耐勞，但是那旁若無人、輕如柳絮的「風信子」卻仍自顧自的傳訊、散播，完全無視於我的嗔怒、憤恨；有時候甚至還裝出一副花枝招展樣，像在嘲笑我般，笑我居然想與天對抗的愚蠢。院子裡的工作變成一股壓力，一種負擔，再也不讓我期待，不讓我盼望；那等待豐收的驕傲早已被蒲公英嚼蝕得體無完膚。

我開始找尋撲殺蒲公英的書籍；一日，我偶然翻到一本書。書上說：蒲公英具有神奇的醫療效用！在西方民間醫療法中，它的葉子早已被公認做相當有效的利尿劑。阿拉伯的醫生早在十一世紀就已經用蒲公英來治療病人；十三世紀時，歐洲的威爾斯也有過蒲公英療法的類似記錄。

除了當藥劑用之外，現代西方一般民眾也把它的葉子拿來生吃。最近醫學界更發現，蒲公英的根部對肝臟有益；葉子除當利尿劑之外，也用來治療高血壓。

我看了這段文字之後當下恍然大悟！可憐我們這些自以為是萬物之靈的人類呀！誰有權利界定哪一樣是「雜草」？誰又有權利決定何者該生？何者該滅？生滅的原則豈非早已在大自然「萬物並育而不相害」的生長法則中顯示得清清楚楚？我們憑什麼以自己狹隘陳腐的有限思維，來向廣大無私、周遍法界的大自然挑戰呢？

（1998年10月19日刊載於《亞洲時報》波士頓版）

卻顧所來徑

——中副在台五十年紀念「中副與我」徵文入選篇

屈指算來，距離我第一次在中副上發表文章已經是二十七個年頭了。二十七年，可以讓一個呱呱墜地的娃娃，變成日日張羅柴米油鹽的家庭主婦；可以讓一個充滿夢幻的浪漫少女，悄悄步入那承認愛一隻狗比愛一個人容易的中年。當年接到《中央日報》寄來「中副作者茶會邀請函」時，曾暗自誓言在若干年內要成為家喻戶曉的「作家」；如今在流放外地十數年，江山代有才人出的情況下，不得不安於自己的平凡，接受自己文才有限的事實。

民國六十四年，我孑然一身，離鄉背井遠赴美國紐約州北部唸書。當年的留學生涯不可與今日相提並論；留學生中有車者是絕無僅有，買菜上學不是靠友誼家庭接送，便是靠自己的兩條腿。電訊傳真更沒有今日的便捷，我留學三年中，僅僅跟家裡通過兩次電話，還得老早約好，大家等在電話邊，長話短說，以節省金錢。我們當年的生活，除了認真唸書，努力保持優異的成績，以保住領取獎學金的資格之外，最大的精神食糧便是家書和《中央日報》了。我依稀記得，每天回到宿舍開信箱，若是看到那藍藍的郵簡，或是航空版的《中央日報》時，那種孤寂立時得到解脫，喜悅湧上心頭的溫暖。中副裡的文章更是大家爭相傳閱的材料；記得那幾年裡，曾經登過一篇叫〈白髮記〉的文章，叫這些二十來歲，在台灣時不曾擔憂自己早生華髮，到了美國，兩年不到卻都已白髮叢生到了不忍卒睹地步的我們唏噓不已！我在大家「重託」之下，寫了一篇〈白髮記讀後〉，相約如果登出來，稿費要買一瓶染髮劑，大家共用。那也是我生平第一次染髮；沒想到那一染，註定了我一生染髮的命運。好幾次鼓起勇氣告訴自己說：「算了，白就讓它白吧！」，終因種種因緣無法貫徹。

民國六十八年，我回國服務一年多之後，我的一篇短文「苦日子總有終結」刊登在八月八日的中央副刊上；當時我已為人妻，且即將為人母，回想二十多年來，父母從家徒四壁，三餐不繼的困窘中，竟堅持培育五個孩子個個大學畢業，其中兩個還出國深造。為了感謝父母親的辛勞，才撰文表恩。沒想到該文發表後，竟先後接到《中央日報》轉來兩位失散多年的兒時玩伴的千里傳書；這又可見《中央日報》無遠弗屆的另一功能。

如今去國多年，年輕時為領稿費而篆刻的筆名圖章早已塵封，但我對中副的期盼、欣賞、眷戀，仍和當初一樣殷切。在異鄉他方的孤獨寂寞中，它始終是一帖最沒有副作用的止痛劑。

（1999年刊載於中央日報社出版之《中副與我》一書中）

只因妄想執著

大眾心理學喜歡把人分成兩類：所謂的 A 型性格，和 B 型性格。一般認為 A 型性格的人習慣於把所有事情都當成緊急事件處理；對人對己都要求甚嚴，缺乏耐心和包容，凡事過於認真，因此容易得心臟病。B 型性格者則凡事慢條斯理、隨遇而安，但也因為缺乏奮鬥動機，因此多半沒有什麼大成就。如果我問各位，你是屬於那一型呢？我相信各位會說：「嗯，那要看對什麼事情，不能一概而論。」沒錯，朋友，當我們一旦把人、事、物貼上標籤之後，我們在思想上就變得缺乏彈性，在行事上就會被先入為主的成見所牽引；然而，在我們的一生中，我們是多麼習慣的把人、事、物一分為二：好人、壞人；好班、壞班；好學生、壞學生；美、醜，成功、失敗，富貴、貧窮，長壽、短命……。因為有著這樣對立的觀念在先，我們便不能客觀的看清事實。這些觀念是那裡來的呢？是我們的父母深怕我們吃虧，因此從我們小時候就處心積慮教我們的，是我們的社會國家為了生產和在國際空間生存而鼓勵我們的，是我們在生命的過程中因強烈的貪愛，經年累月堆積出來的。

然後一個成見加上另一個成見，再加上另一個成見，層層包裹，以致於最後所產生的觀念、或者做出來的行為和原先的事實差之千里，而不自覺。

有禪坐經驗過的朋友們都知道剛開始打坐時，常被妄念牽著鼻子走。一個妄念來了，還來不及看清，就習慣性的自動加油添醋、編寫劇本，繼而自導自演的把一個妄念變成了一齣戲劇。自己變成了戲劇的主角，在這齣戲劇裡驚慌、恐懼或得意忘形。

這個世界上除了極其少數大智大慧的人能夠靠自力頓悟而明心見性之外，絕大多數人都需要靠「時時勤拂拭」的功夫來增長智慧。波士頓的普賢講堂的禪修提供我們一個絕佳的共修機會，在善知識引導及同修相互切磋之下，個人的塵埃像剝洋蔥一樣，一層一層的脫落；在剝落的過程中，為著那辛辣、那嗆味，免不了要流淚。淚流得看不清楚了，善知識便教我們或暫時把洋蔥拿遠一點，或先去沖沖冷水，然後把淚擦乾，再接再厲。每一滴眼淚都給我們機會划向更接近目標的前方。修行便是這樣的細水長流。

十二月十六日晚上，我到哈佛大學天體物理中心去聽演講，會後我們到天文台去觀看土星。隊伍很長，排著排著我心裡就開始懷疑是否有人插隊，或給予優先的特權。愈想愈覺得絕對有可能，便開始不耐煩起來。輪到我的時候，我站在天文望遠鏡後瞇著眼，看了半天都沒看到土星，心裡又起了個念頭，一定是前面的人亂動了望遠鏡了。這麼一想，手自然就舉起想調整、移動望遠鏡的角度，旁邊的指導老師立刻看出我的動機，他不緩不急的說：「你不需要移動望遠鏡的角度，我們已經把它調到你一定可以看到土星的位置。不要著急，慢慢來，你一定會看到的。」我深深吸一口氣，瞇起右眼，重新把臉湊近望遠鏡，突然間，在望遠鏡的左上方，一顆被金銀鑽戒環繞在中間的明亮皎潔的星球赫然出現在我眼前。我「啊！」的一聲僵住了！指導老師在旁邊和藹的對我說：「你看見了！」我轉身看他，心裡忽然想起佛陀的那句話：「眾生皆有如來德性，只因妄想執著，不能證得。」

走出觀測站，還排在隊伍中的朋友問我看得如何，我一時慚愧得脹紅了臉，說不出話來……

（2004 年於麻州劍橋市）

婆婆的眼淚

那年我生老大，由於是夫家許久以來第一次喜獲麟兒，婆婆執意每週日下午從湖口北上士林來幫我照顧孩子，好讓我安心上班；每周五晚上則從士林搭車回湖口與公公共度週末。婆婆年近六十，但因年輕時缺乏妥善營養和照顧，走起路來顛顛躓躓，不甚穩健。加上她一口鄉音，外人很難聽懂她的話語。當年流行計程車叫客，以人頭計算，從台北火車站到士林一人只要十元，叫滿四人，司機就開車。但婆婆生性節儉，從來捨不得花那十塊錢，總是跟著年輕學生和上班族擠光華巴士二二〇。

農曆年前的某一個周日，我和外子等著婆婆回家吃晚飯，卻始終不見她老人家回來。外子騎車跑了好幾趟公車站都無功而返。打電話回湖口又說婆婆早已出門北上。到了晚上七點多鐘，我們開始心焦如焚，卻又不知到何處尋找。一直等到八點半，正思疇是否該報警的時候，士林派出所打電話到我們家。警員先生問我們是否認識一位神情恍惚、走路顛跛的老太太。我們從警員的描述中立刻知道那必是婆婆；外子和我即刻帶著孩子趕到警局。

婆婆坐在派出所的一個角落，神情像個遊魂似的。一見到我們，立刻呼天搶地的嚎啕大哭起來。從她斷斷續續的哭訴，和那位警員間或的補充中，我們大約了解了事情發生的大概經過。

原來婆婆這次北上，決定把她存在湖口家中的所有金飾通通帶上來；她把金飾包好，與自己的一件外套捲在一起，放在她的手提袋中。從台北車站上車起，光華二二〇就一直相當擁擠，雖然婆婆外貌蒼老，行動蹣跚，卻沒有任何人讓位給她。她只好站著，隨著車身晃來晃去。車子從中山北路經過圓山、劍潭、一直到士林，始終如擠沙丁魚般，沒有鬆閒過。好不容易過了福林橋，婆婆從車子中間一邊叫著「下車！下車！」，一邊拼命往前擠。在她周圍的幾個大男人非但不讓出空間，甚至還趁機撞她幾下，害得她老人家差點下不了車。

婆婆下了車，把手提袋往懷裡一摠，忽覺袋子異常的輕，她趕忙打開包包一看，那裡還有金飾？手提袋的底部不知道什麼時候被刀子割了一個大洞，裡面早已空空如也！婆婆一驚，霎時跌坐地上，放聲大哭。路過行人有些好心過來詢問，卻問不出所以然。最後，一位善心人士把婆婆送到德行東路的派出所，警員在半猜半忖中，才知曉個中情節。

婆婆在派出所中待了兩個多小時，心情才稍微穩定下來，也才記起我們家中電話。

值班警員在我們的翻譯協助下，對這件金飾被劫事件做了筆錄之後，我們才將失魂落魄的婆婆帶回家中。

回到家，外子忍不住問婆婆怎麼會突然想把金飾帶來，婆婆說：

「我想我大部分時間都不在湖口，你爸爸又只知道一天到晚東家西家串門子，我怕這麼多金子放在家裡會被人偷走嘛！」

「什麼這麼多金子？我們家那裡有多少金子？我從來都不知道我們家有什麼金子！妳說這麼多，到底有多少？」

「兩對金鐲子，八條金鍊子，九個金戒指。」

「什麼？」外子一聽，眼睛睜得像荔枝那麼大：「這麼多，妳怎麼會通通帶

——」

婆婆一聽又哭起來，我在旁邊看了，既同情婆婆，又心疼那失竊的金飾。

「好了，好了。」外子勉強忍住心疼，反過來安慰婆婆說：「錢財是身外之物，丟了就算了；人平安就好！以後有錢再買就是了。」

如今一晃，婆婆去世已十七個年頭；距離這件失竊事件也將近二十年了。每當想起那晚孤坐在派出所角落那淚眼滂沱的婆婆，我心中仍難免有一絲悸痛。

（1998年10月22日刊載於《中央日報》副刊）

家——是療傷的歸處

暖暖的陽光在冬雪過後，格外叫人抵不住誘惑。掀開家裡四面門窗垂簾，披上春秋外套，腳蹬白色球鞋，我跳躍著走向戶外，去迎接艷陽輕風。

出了家門，放眼望向四周小小山坡，赫然發現原先張牙舞爪的光禿樹幹，不知何時竟成了一片嫩綠；「啊！春在枝頭已十分。」我輕輕喟嘆！

我迎著艷陽，快步三圈之後，眼前忽然出現一隻黑白相間的小聳物。「臭鼬」我腦中一閃，「正午時候？」心中一疑，這才注意到這隻全身黑聳帶著醒目白條的小動物，在我面前約十數呎的馬路上像是喝醉酒一般，歪歪斜斜顛簸迤行。

「它怎麼啦？是病了？是打架受了傷？還是被汽車輾了？」我心中既好奇又同情，不知不覺的便隨著它的腳步移動。它越過馬路、穿過一家家鮮綠草地又沒有柵欄的院子。我遠遠的跟著它，有時忽然間不見它蹤影，心中竟有一絲焦急，及至再度看到它出現，才安下心。

「它要去哪裡？回家嗎？哪裡是它的家呢？」我一邊緊緊的跟著它，一邊自問著。終於，它在思古街三十三號的門檻前停下了；我看著它沿著門邊牆底鑽進地洞；「啊！原來它家在這裡。」我心中泛起一絲欣慰，欣慰它總算回到了家；但這欣慰立刻又被另一個念頭取代：「它為什麼跑那麼遠去呢？是去訪親友？還是去賞景？」我知道像土撥鼠、臭鼬這類動物通常都不會在離家太遠的地方行動的。莫非？莫非它有老年痴呆症？出了門，一時忘了回家的路？

「不管它是老年癡呆也好；是得了病也好；或是受到情感的創傷，以致恍恍惚惚也好，它總算是回到了家——家，是療傷的歸宿——」我一邊轉頭回行，一邊為自己的多事、多思覺得好笑。

回程路上，我一直在想，其實我們人類也一樣，當我們受到打擊、情感受到創傷的時候，我們豈不也跌跌撞撞，恍恍惚惚？和那隻臭鼬有什麼兩樣？家，應該是一個隨時敞開大門，無私無怨的迎進每一個成員的地方。家，應該是在我們受傷時能使我們的身心得到紓解和撫慰的場所。可惜有些家庭卻不見得能隨時敞開大門接納我們；有時，我們的家人也不見得能幫助我們度過情緒的低潮或頹喪。相反的，有些家庭竟是導致人們失去生存動機或意志的原因。

想到這，我的眼睛已然模糊。我低下頭，不讓迎面而來的郵差先生看到我滾滾翻騰的淚水。

（2002年6月刊載於《麻州佛教會月刊》）

我的擒龍英雄——慧善法師

人生際遇，實難預料。我怎麼也想不到當年幫我擒蛇的俞師姐今天竟成了慧善法師。不過，仔細想來，我似乎又不應該感到絲毫訝異；因為，那天她在往來我家的路上，所說的每一句話，竟早已透徹出她那超世脫俗、與眾不同的氣質。

算起來，那是六年多前了。一天早上我習慣性的在上班之前，查看一下房子四周。在右側邊牆的窗下駭然發現一條黑色捲成一團的蛇！我悚然一驚、倒退幾步，腦中想起的第一個念頭便是「拔腿就跑」。可又不知為什麼，我跑了兩步，又停了下來，回頭望著那蛇。它似乎對我的驚嚇無動於衷，仍舊原地不動的捲在那兒。我遠遠的繞道回到車庫。開車上班途中，心中忐忑不安；一到辦公室，我立刻打電話給大兒子，「康兒，媽媽想搬家了。」我委屈的說。

「怎麼，你看到蛇了？」兒子劈頭第一句話就問道。我於是把情形一五一十告知兒子。兒子建議我找 Animal Control 公司，但我打了多次電話，要不就是沒人接，要嘛就是告訴我他們不做這樣的服務。我萬般無奈，一整天上班的情緒都不好。

回家路上，心情倍加憂慮，既怕那蛇待在原處不走；更擔心那蛇萬一不在了，會不會是已經鑽到房子裡；到家後，把車停妥。戰戰兢兢的走到房子右側，遠遠就看到黑黑的一團，再定神一看，果然還在那兒。「也許是隔壁那隻貓把它咬死了，拖在那兒吧？」我心裡想著。但是仍不敢走上前去求證。打了幾個電話向朋友求助，都回說她們也怕蛇。我真是走投無路。

當晚，正好普賢講堂有繼如法師的開示。我索性早點到佛堂，看看有沒有人可以幫我解圍。講堂裡此時人已經不少，我一個一個探問，都沒有人願意冒險。俞師姐當時就在圖書館裡翻著書，見我一副頹喪窩囊相吧，就問我家有多遠，能否來得及趕上繼如法師的開示。既知我家離佛堂甚近，就說：「我跟你去一趟吧。」

在車上，我口若懸河的向俞師姐解釋我對蛇的莫名恐懼，她靜靜的聽著，最後只輕描淡寫的說了一句話：「都是眾生相」。

到了我家，她囑咐我給她一個硬紙袋，說塑膠袋不好使，和一支長肘的掃把。她走在前面，我遠遠的跟在後頭。只見她提起掃把，用迅雷不及掩耳的速度，從天而降似的把掃把壓在蛇的身上；我閉上眼睛，不敢再看。忽聽俞師姐哈哈大笑說，「哎呀，假的啦！」

回佛堂路上，我喋喋不休的跟俞師姐說明隔壁的小男孩多麼淘氣，經常在我家院子敲敲打打，有一次還把我家玻璃打破。「這玩具蛇準是他丟在那兒的。故意嚇我！」我憤憤的說。俞師姐微笑的聽著，偶而回我一兩句：「那是你的臆測。」下車前，我又問了俞師姐：「妳從來不怕蛇嗎？」她對我嫣然一笑，說：「我沒說過我不怕呀！」

那以後，因為種種因緣，我搬離了麻州，和普賢講堂漸漸聯絡稀疏。今年年初，在普賢講堂月訊上看到俞師姐在新墨西哥州法雲寺剃度出家的消息，對俞師姐的崇敬和懷念立時濃得化不開。謹以此文，表達我對她的感念和敬愛。

（2012 年刊載於《麻州佛教會月刊》）

一錯再錯

波士頓近郊的普賢講堂是個純居士組成和運作的學佛團體。講堂裡除了不定期邀請中、外各地的大德和法師來開示、演講、帶領禪修或念佛之外，每個星期就由講堂內部成員裡有著比較深厚佛學基礎的居士們來講課或開研討會。

十一月十一日在家中讀講堂會長楊雲唐「佛法實相班」第七講的講義「緣起」時，我的心中就像挨了幾個巴掌似的。

講義第一頁第四段說：「所有的眾生就像亂起亂滅的星球一樣，也不是一個個獨立自有的個體，其間種種的消長得失，緣聚緣散，有如夢幻」。我讀到此處，心理起了疑惑和反彈，我想：諸法因緣起，諸法因緣滅，沒錯，但是，什麼樣的「緣」，起什麼樣的「起」，難道沒有善惡因果來主宰嗎？如果眾生是亂起亂滅，那麼所謂的「善惡到頭終有報」，所謂的因果業報，有什麼意義？如果做善事，種善因，得不到善報，那為什麼還勸人要「勿以善小而不為，勿以惡小而為之。」？我們常說「一切善法皆是佛法」，難道不是為了要提醒眾生種下好因以便將來得善果麼？假如眾生跟星球一樣全是亂起亂滅，那麼我也要像柏拉圖一樣問這句話：「Why moral?」

錯誤一：

我翻到講義第二頁，雲唐學長用數學函數來說明存在的現象；他說：存在是空間與時間的變數，由於人的觀照力深度不夠，一般人對於時間與空間的不斷改變，短時間不是很能覺察，所以在相續間看不出太多的變異……我們若敏銳些，時常去感受呼吸或時空的轉變，則會發現「恆常」是存在念頭的觀念，與事實不符……這是跳出僵固思想的先決條件。我唸到這裡，獃住了！我立刻看出了自己的錯誤。

第一、我把因緣果報看成是一條直線的關係，好像一個蘿蔔一個坑那樣去配對。呀，原來我就像雲唐學長所說的——觀察力深度不夠，所以沒能看出相續間的變異！因此我一下就掉入僵固思想的臼殼裡，才忽略了，或者說忘記了因緣錯綜複雜，彼此牽扯，如同佛陀所說的因陀羅網一樣，重重糾葛，相互為因為果，它們的關係隨時隨地因各種客觀、主觀條件而變化。

第二、我犯了「執著」的毛病，認為事情一定要這樣或那樣的錯誤，或者說是我掉入了習慣思想模式，認為種瓜非得得瓜不可。我非但把善惡、好壞、因果看成對立、而把兩者截然分開，甚至於覺得這種對立的關係若不能「合理」存在，則一切均不值得。

知錯能改總還有救。我因此又想著，既然因緣如一張無盡的大網，任何一個點的存在都與其他點的存在有著直接或間接的關係，好像丟一個小石子到湖水中，那漣漪能激起整面湖的波動一般，那就讓我們每一個人都本著一股慈悲心，盡己之力，好好的去創造好的因緣，來助己助人吧！

錯誤二：

講義第三頁第一段第一句話就說：我們都以為人可以創造因緣，但仔細看進去，沒有前浪哪來後浪，人之所以能夠，是因為已有條件基礎在那，其發展將有很多可能性，人只是組合條件，讓其中可能的發展成熟，並不是人從「無」創造了「有」。若人可以創造因緣，則上帝就可從無中創造一切，巧婦也可做無米之炊。

我讀到這段話的時候，只有「啊」的一聲，好像被打了一拳似的！不是嗎？我正想說我們應該好好去創造好的因緣，他就說：哼，你以為你可以「創造」因緣？啊，我的「我」好大呀！竟以為「我」是超出因緣之外的。以為自己可以創造出一個有利的環境來利益眾生。我多麼狂妄，竟不知自己只是諾大因緣網中小得不能再小的一個小點而已唉，看來英雄也只是時勢所造，若沒有因緣，也出不了英雄。因緣又是那麼樣的廣大無邊，像天羅地網，捉摸不著。人還是要謙卑一點。我看我也不要談什麼理想報負，只能隨緣了舊業，就優游任運、隨緣吧！

錯誤三：

雲唐學長在講義裡又說：生命現象與外在的存在都在緣起中。人也不例外，是屬於緣起的生滅法，因此這裡沒有緣外的「用緣人」……真正的「隨緣」，不是有個「我」任由緣的安排，或「我」在隨緣。亦即隨緣是有作為的，是不依自我欲想的一種生活或修行，看到每種因緣都有其好壞的兩面，隨著緣的生滅不定，隨時可做適當的調整……隨時做該做的……

我讀到這兒，深感慚愧。總以為自己的知見還算穩固，這幾根棒子打下來，才知道自己還有那麼多的「妄識」。所以，親近善知識、聽聞正法、如理作意，是多麼重要。

（2005年11月於波士頓近郊萊斯頓小鎮）

鵝鰈情深

大華府地區西郊德國鎮（Germantown, Maryland）上有一所蒙哥馬利社區大學（Montgomery Community College），該校區素有「公園校區」之美譽。四月初，從一一八號公路右轉進入校區，放眼望去，路旁兩側盡是繁華似錦的櫻花。左側櫻花樹的後面，更有一大片如高爾夫球場般碧草如茵的綠地，草地中央有個不小的池塘，池裡塘邊成群的加拿大雁或在水中悠游，或在青草地上漫步，又或在池邊攬鏡搔首弄姿；偶而也會有一群群排列整齊的隊伍大搖大擺的穿越馬路，使得來往車輛不得不停下

來讓路。一九四二年麥可勞斯基(Robert McCloskey)獲獎名著《Make Way for Ducklings》中描繪母鴨帶八隻小鴨過馬路的情景，在此處可是司空見慣的場景。

今年初，我從洛克維爾校本部借調到此一校區來授課，才有幸欣賞到德國鎮校區的清美秀麗。這一天，我在教職員專用停車場停了車，正欲往社科大樓走去，忽然瞥見一隻加拿大雁擋在停車場的出入口，它昂頭挺胸，傲氣十足的望著我，似乎有那麼一點挑釁的姿態。我聽說加拿大雁是群居的動物，正奇怪怎麼它會單獨在這？而且站在這繁忙的車輛出入口，不是很危險嗎？見它完全沒有讓路的意思，我只好繞道草地上繼續走向我的目的地。

第二天，同樣的情景再度重演。第三天，第四天，依舊如此。我更加好奇了。於是便跟同事曼達提起這事。

「啊？你也注意到他們了？」

「他們？」我問，「不是只有一隻嗎？」

「是呀，他們！你沒看到那隻母雁嗎？她坐在停車場中央靠近金星大樓的路燈下孵蛋，動也不動已經好多天了。」

我聽了不禁莞爾澀然，對自己的不善觀察感到尷尬。

下班時，我特意在停車場四下觀望，果然，就在停車場中央二號路燈下，坐著另一隻加拿大雁。她坐在的位置乍看並不明顯，而且離停車場出入口也有一段距離。如果說那隻站在出入口的大雁是為保護她，替她守哨，為什麼要相距那麼遠？

接下來的一個星期，我陸陸續續聽說學生向校方反應，說那隻在停車場出入口把關的加拿大雁經常追擊學生，不僅使學生無法在那附近停車，甚至於在停車場上寸步難行，因為他對所有人都是虎視眈眈，怒目相向，如果有任何人稍稍接近那二號路燈柱，他便立刻伸長脖子，一副隨時準備攻擊的姿態。校方人員為了保護學生安全，只好放棄七、八個停車位，在二號路燈柱四周圍放上好幾個橘色反光的三角錐障礙物，把正在孵蛋的母雁圍在中間，以避免人雁衝突。

今年華府的天氣十分詭異。二月上旬一連下了好幾場百年罕見的大雪。許多地方社區道路積雪數呎，鏟雪車應接不暇；車輛無法通行，居民無法外出，導致整個地區生活癱瘓。有些社區被困長達一個星期以上，完全被封鎖、動彈不得。這樣的嚴寒酷冬還記憶猶新，但不到三個月功夫，天氣卻反常出奇的燠熱濕悶；白天每日的溫度都超過華氏一百度。氣象人員天天提醒家中有老小者要特別注意溫度的調適、和水分的補充。

五月三日是下午的課，我停了車，習慣性的往二號路燈下走去，去探望那隻從四月起就孜孜不倦、辛勤勞苦的坐在那兒孵育幼雛的母雁。只見她這時喙嘴微張、時而低頭作嘆息狀、時而仰望似期待般。我四下張望，不見那隻平時守在路口的公雁。我心生納悶。為什麼他不陪伴在旁邊？為什麼他擅離職守，未盡保護之責？難道他已棄她而去？難道因為孵坐時間甚長，他已放棄希望？或竟是心生厭煩？這麼悶熱的天氣，母雁在大太陽下天天不吃不喝的孵坐，如何吃得消？想到這，我悲心大發，決定下課後到學校附近的「漢堡王」去要一個裝水的小盆子，至少讓母雁能時時有水喝。

下了課，幾近傍晚時分，我把小盆子裝滿了水，興奮地往母雁處走去。公雁仍然不見蹤影。我輕輕盈盈的走向那母雁，把盛滿水的小盆緩緩往前伸。母雁身體動也不動，但目光則牢牢地盯住我看。我又往前挪幾步，蹲下來，一邊說：「我知道你渴。別擔心，我拿水來給你喝了。」

母雁把脖子一面抬高，一面往前伸展，扁平的喙口張開，舌頭微往上捲，發出「喝、喝」的響聲。

「我就知道你渴了，可不是，來，喝吧！喝吧！」我一邊自言自語、一邊得意的把小盆子再往前伸，想放在她脖子下方，以方便她不需移動身體就能喝到水。

說時遲、那時快，母雁脖子像脫弦的箭一般，倏忽間銜住我的食指，猛力一剁。我大驚之下，一鬆手，小盆子甩落地上；我火速站起身。就在這個時候，「嘩」的一聲在我頭上響起，那隻不知道從那處飛回來的公雁突然出現在眼前，眼光銳利、怒髮衝冠的降落在我和母雁的中間，嘴裡還不斷發出「嘶、嘶」的吼叫聲。我連忙倒退數呎，又驚恐、又委屈。

這時候，停車場另一頭遠遠走來一位校警。他顯然已目睹一切。因為他一邊向我走過來，一邊大聲的問我：「你沒事吧？」待他走近，我伸出紅腫的食指讓他瞧，心裡委屈得眼淚都快掉下來了。他看了看，說：「沒事，回去冰敷一下，不要緊的。」

他繼續說，「你不應該離這隻雁太近的。我們放這橘色障礙物的目的就是讓大家知道這個安全距離。你不能跨越到這範圍以內。加拿大雁在孵育期間，對於任何可能危害到他們下一代的挑釁是非常有攻擊性的。」

「可我是一片善意，我看到這隻母雁日夜坐在這裡、好幾個禮拜不吃不喝，公雁又不能餵她。最近天氣又這麼燠熱，我擔心她會吃不消呀！」我解釋說。

校警嘴角微翹，彷似嘲笑又像打趣似的問我：「你會分辨公雁或母雁？」

我靦腆一笑，搖搖頭。

他笑著說：「其實你不需要擔無謂的心。加拿大雁孵育後代，是輪流負責的。雖然母雁是主要的孵育者，但公雁也會孵坐，讓母雁有機會去填補食物和水分。

我們外行人很難看出正在孵蛋的究竟是公的還是母的。再說，加拿大雁在擇偶的時候，多半是選擇形狀大小相似的配偶，高大的選高大的，瘦小的選瘦小的，所以一對雁夫妻外型看來幾乎是一個樣兒。不是內行人搞不清楚雌雄。當然啦，一般說，公雁的任務主要還是維護母雁在孕育幼雛過程中不受到侵擾和傷害。你看平時加拿大雁都是成群結隊的，任何時候你看到單獨一隻的時候，多半就是他們在孵育期間。母雁找個不受干擾的地方排卵，公雁在周圍守護。守護的範圍不會離母雁太近，因為他不想讓人們或其他動物發現母雁孵蛋的所在地，所謂的調虎離山、或者說是故弄玄虛吧。但他也不會離得太遠，而且他一定會選擇空曠無遮掩之處，這樣他可以隨時注意母雁周邊的狀況，一旦發生危險，他會在最短的時間內飛過來保護母雁。」

校警的這一番話不僅引起我更大的興趣，也著實讓我佩服。我拍拍他的肩膀說：

「聽您一席話，真是增長了不少見識。我看這對雁在這兒好長一段時間了，什麼時候這蛋才會孵出小寶寶呢？萬一這些蛋不孵化，那母雁也就那麼一直坐下去嗎？如果萬一是『死』的蛋，她會知道嗎？」

校警看看我，突然問我：「你是第一年來德國鎮校區的吧？」

「是呀！為什麼忽然問我這個？」

校警又笑了笑，「從你語氣中可以聽出來，你從沒看過這對加拿大雁。」

「你看過？」我驚訝的問。

「當然！他們這是第三年來此下蛋孵育了。」

啊？我又是一驚。

「加拿大雁的習性是，他們一旦找到一個適合下蛋孵育的地點，就會每年都回到同一處來孕養家庭。去年他們也來。我們年年都在這放上三角錐障礙物保護他們。在這兒上過課的學生們都知道，都不會去打攪他們。只要這對雁覺得這個孵育地點安全，沒有危險或威脅，他們就會年年同一時間來報到，準確無誤。」

我聽了，一時興奮起來，問：「如果是這樣，那我們為什麼不提供他們好一點的條件，比方說，事先放好食物、水分……等等？」

「這樣做反而可能害了他們，你知道嗎？這有可能遭來其他動物的垂涎，而導致他們的危險。有食物、水分，其他動物如狐狸、小灰狼……等等就都來了。如果母雁意識到他的孵育處有威脅，或危險的時候，她很可能放棄孵育，半途而廢；甚至於自毀雛卵，遠走高飛。大自然有它的規律，什麼都設計得天衣無縫的。可惜人類常常自作聰明，弄巧成拙。」

和校警分手後，回家的路上，不知怎地，我心裡沉甸甸的，開朗不起來。

次日中午，開車往德國鎮校區的路上，我心裡既焦急，又熱切。停了車，我迫不及待地往二號燈柱走去，卻赫然發現母雁不見了！燈柱下四、五個破裂的蛋殼，凌亂的散了一地。蛋殼旁邊還有我庸人自擾盛水打翻的小盆子歪歪斜斜的躺在那兒。我焦急的四下尋找那另一隻守護的公雁，但他也不見了蹤影。我自問，是小雁孵出來了嗎？還是母雁認為我已嚴重威脅到她孵育之處和她那些未出世的孩子，因而破釜沉舟將蛋啄破，遠走高飛了？想到這，我除了自責，還深深的著急起來。我決定開車往校園口那個池塘去查個究竟。

我孤獨的站在池塘邊上，努力的在上百隻加拿大雁中間尋找剛出生的小雁，或是那兩隻熟悉的伉儷情深的夫妻身影，更期盼能找到帶著幾隻小雁的夫妻；然而，眼光所見，盡是一群群長相相同、姿態不異，逕自在水中悠游，或在青草地上漫步，又或在池邊搔首弄姿的雁兒們。他們對於站在離他們數十呎之外的我毫無興趣。我相信只要我不走近他們，不干涉他們，我就是在此處站一百年，他們也一樣無動於衷。他們活在他們的世界，照顧他們自己的群體，依照大自然給予他們的條件無怨無悔的活在當下，不假外求。

我在池塘邊站了好一會兒，看著那成群的加拿大雁、看那藍天、看那飄逸的白雲，看它們的怡然自得，看它們的了無掛礙！

我緩緩走回停車地點。關上車門，想起盧梭說過的那句話：「大自然本來完美，一經人手便壞了……。」

（2010年8月於馬里蘭州德國鎮）

生日禮物

我二十歲生日那天，母親送了我一份相當特殊的生日禮物。

母親受過高等教育，是心理學和圖書館學的專家；她不僅能歌善舞、而且中英文造詣均佳。她有溫柔婉約的個性，和精明幹練的領導才能。她曾經是台灣行政部門中最年輕的女性主管，也曾是某大學裡最年輕的老師。爸爸常說，母親是他心目中的英雄，因為她具有堅強的性格和高潔的美德，她帶給別人長遠且美好的影響，自己卻甘於犧牲奉獻、忍受艱苦而不求報償。但是母親自己卻經常喟嘆己身之不足，尤其遺憾沒有能做一個「成功的母親」。在她的觀念中，一個「成功」的好母親不僅要適度的關愛、照顧孩子，其本身更要是一個快樂的人，熱愛生命，熱衷生活。她把照顧比喻成牛奶（milk），樂觀比喻成（honey）；她經常說：「大部分的母親能供給孩子必要的『milk』，但是只有非常少數的母親能同時供給孩子『milk』和『honey』。」她認為，一個成功的母親應該讓孩子時時覺得「活著真好」！她常說：只有快樂的母親才能培育出快樂的孩子。

母親不是一個快樂的人，雖然有時候她也會樂不可支，笑得淚流滿面。偶而也會幽默兩下。她的多愁善感在中年之後愈發嚴重；母親認為，她的這種個性是小時候被環境塑造成的。母親生在一個貧困的家庭，兄弟姊妹眾多，她又排行居中。為了爭取父母對她的注意，她便勤奮向學，屢次光宗耀祖，藉著在學業、事業上的成功來換取父母對她的疼愛。母親對自己的童年幾乎毫無記憶；她常說，她的童年必然是不快樂的，所以才會下意識的把它遺忘。我曾經問過母親為什麼不嘗試用催眠法來喚醒她幼年的記憶？她回答我說：「我們那個年代，有多少父母有餘力注意到孩子的心理成長？能顧到三餐溫飽的已經不容易了。更何況從前中國人的親子教育講的是倫理尊卑，那裡會注意到孩子的情緒發展？我們這一代是我們父母教育下的犧牲者，正如我們的父母也是他們父母教育下的受害者一樣。過去的已經過去了，忘了就讓它忘吧！」

話雖如此，但是我知道，母親心裡仍然十分遺憾自己沒有一點童年的記錄。年紀愈大，她的話裡詞間愈是經常透露一種渴求：希望能記起童年往事，希望能從兒時記憶中了解她自己後來多愁善感個性的原因所在。

也許，正是為了這個緣故，母親才會從我出生的那一天開始，便替我寫日記。日記中除了記載我的生長情形之外，更多的是我的情緒變化。母親文學素養深厚，描寫我的喜怒哀樂逼真傳神；嬰幼兒時期，她描述我的手腳動作、臉部表情。到我開始講話起，日記體裁便成了對話方式；她把我的話一字一句的記下來，有些還錄音存證。等到我上了小學，會寫字了，母親又時時鼓勵我在她寫的日記中加一些我自己的「眉批」。有幾次，我發脾氣，在她寫的日記上鬼畫亂圖，母親卻一言不發，寶貝也似的照樣收放保存。

母親養育子女的「怪招」不勝枚舉。記得我唸小學二年級那年，台灣正開始流行任天堂電動玩具。有一天我受同學唆動，偷偷拿了家裡的錢到學校對面店裡打電動。第二天早上爸媽發現家裡錢短少，爸爸把我叫到一邊，對我說：「你誠實講，爸爸不會罵你。」我聽了便老老實實說了。母親聽了之後居然建議：既然我對打電動玩具那麼有興趣，以後只要我每週一到週五好好做功課，那麼每週六下午全家陪我一起去打電玩；當時這樣的解決方式很叫我的幾位阿姨、姑姑們不滿，使母親一時間成為眾矢之的。

民國七十七年初，我們舉家遷美，母親辭官在家，除了專心教我跟弟弟英文、陪我們跟美國小孩玩耍、以及在我們唸書的學校當義工之外，她仍然維持著替我們寫日記的習慣。每天晚上睡覺前，母親喜歡唸一段我們小時候的記錄給我們聽，唸到淘氣處，我跟弟弟倆常笑得前俯後仰。民國七十八年底，我們已完全適應美國環境，母親才又回到她的圖書館專業行列；在全職工作之外，她對我們的生活仍擇要記載，一直不曾間斷。

母親把這二十年來她所記錄下來的點點滴滴，加上我的生活照片，剪輯存菁，整理成一大冊相本，做為我二十歲的生日禮物。她在相本的首頁寫下這樣一段話：

If life is a day, this is the morning of your life;
If life is a year, this is the spring of your life.
Taste the sweetness of your life;
Enjoy the fragrance of your youth.

（本文譯自長子吳成康大學二年級之英文作文，並於 2000 年 7 月 10 日刊載於《世界日報》副刊家園版）

雲門水月

雲門舞團於二〇一〇年一月二十九及三十日兩天在華府甘迺迪中心艾森豪劇院公演兩場。外子與我於週五二十九日晚前往觀賞。當晚座無虛席，絕大部分為西方人士。表演進行當中全場鴉雀無聲；表演結束時，全體觀眾大半均起立歡呼，掌聲不絕於耳。演出可說是十分成功。離開劇院之後，外子話匣子大開，發表他對雲門演出的看法。我與他有著些許不同的論點，我們的意見雖不同，但對雲門的關切卻同樣深刻。

外子說：「我覺得這些團員無可置疑的跳得非常好，非常努力。我也曾在現場看過他們練習，那是非常辛苦的。但是我懷疑有多少人真正看得懂他們想表達的是什麼？我懷疑他們的表演到底能感動多少人？我相信絕大部分的人既看不懂，更不會覺得感動。他們付出的努力跟所能得到的回報是不成比例的。」

「藝術的付出本來就很難與回報等值。」我說：「我倒覺得他們表達出來的意境很能打動人，那是一種力和美的結合。你看他們進場和出場的步伐，那樣專注於每一個動作，簡直就是動中禪。再說那一場水中舞，舞者靜躺水中，音樂停頓，只有滴水聲偶而聞見。靜謐得叫人覺得連呼吸都顯得凝重。那是一種休止符的美，停頓之美，或者說大膽一點，是死亡之美。然後其中一個舞者雙足旋躍，激起水花，接著另外的舞者一個個此起彼落的緩緩舞動起來，像是一個個在水中孕育的生命逐漸復甦或再生。我挺喜歡那一節的。」

「那是你自己的解讀，也不見得是他們要表現的意境。」外子頗不以為然。

「沒錯，」我說：「藝術本來就是主觀的，正如文學。一個好的作品應該是能引起不同的人有不同的解讀。那一個人的解讀正合了創作者的本意，創作者便有了知音。」

「你也不一定對。」外子說。

「當然不一定對，而且還可能錯得十分離譜。要不怎麼說知音難覓呢？就像一幅畫，買畫的人不見得懂畫。電影藝術也是這樣。」

「電影藝術應該是能表現某一種意義，能啟發人、感動人。」外子說。

「那也沒錯，」我說：「那是一種方式的表現。但是美的東西不一定要有什麼意義。美的極致是無須解釋的，或者說它不在乎你怎麼解釋。美的存在本身就是它的價值……」

外子打斷我的話，說：「這樣的藝術對社稷有什麼益處？這跟從前帝王時代專門演給王宮貴族看有什麼不同？有權貴的人才會去花這個時間。」

「也對。」我接著說：「藝術本來就是要有閒、有錢才有機會欣賞。它本來就不是給窮苦得連飯都吃不飽、衣穿不暖，每天捉襟見肘連生活都無法張羅的人看的。」

外子沉思片刻，又說：「那像雲門下鄉、慰問災民等等，有什麼意義呢？」

我想了想，說：「從實體來講，是沒什麼意義。每個群體有每個群體的需要。但是從另一個角度來講，也不是毫無意義。兩個不同群體有交流總比完全沒有交流好些。何況這樣的交流會引起怎麼樣的反應或深遠的影響有時候也很難預估。不過，也許雲門是能做一些調整。除了像今天這樣的表演方式之外，也許也能夠藉他們精湛的舞藝來訴說一些故事，中國有很多的名間故事，民間傳說……等等，題材太多可以引用的了。」

「本來嘛，曲高和寡。」外子說：「像雲門現在經濟狀況不好，很難維持下去，就是因為看得人不多，根本看不懂嘛！如果只是靠政府支助，靠國外市場，是不可能持久的。而且雲門每次演出，只聽採訪的人說演出很成功，很轟動。至於說好在那裡，很少人評論。我相信就是因為很多人根本看不懂，包括那些採訪的人。我相信很多去看的人也是附庸風雅，看不懂也不敢講、不敢評論。所以關於雲門的討論極少。」

「林懷民非常有才氣。」外子繼續說：「我見過他本人，也聽過他說話。他非常會說話，對雲門團員和雲門的前途也非常關心。我希望他們能多取材於社會，也讓更多人來討論雲門、關心雲門。或許這樣也可以幫助雲門繼續發展和存在。」

走出甘迺迪中心，我的腦海裡還盪著舞者美妙的身軀。真希望他們能不為生計煩惱。

（2010年2月於華府）

愛之適足以害之

今年的秋來得特別早，才十月中旬，華府地區已是秋風瑟瑟、寒氣襲人。趁著外子陪同母親回台灣的空檔，我把家中物品大肆整理，順便也把冬夏衣服做個轉換。可是當我把一件件套著塑膠袋的冬衣敞開時，眼前赫然出現一塊塊、厚厚的白霉佈滿了每一件冬衣。我剎那間愣在那兒，腦筋同時閃過兩個念頭：一方面心疼花了那麼多錢送洗的衣服居然是這種效果、一方面嘀咕又要再花錢把衣服重新送去洗。

就在那兩個念頭閃過的同時，第三個、第四個念頭又接續而來！誠如佛家所說：「心念如瀑流」。我想什麼呢？我想到「愛之適足以害之」的道理。

可不是？我把不是非洗不可的冬衣、特別是皮衣送去乾洗；洗完之後，又怕黏灰塵，而把它們套上塑膠袋收藏。我忽略了它們需要通風、需要呼吸。想想我們有時候對物品的珍惜、對盆景的照顧、和對子女的保護不也是這樣？

數年前我回台省親，和同窗好友相聚，她們提到一個我從未聽過的名詞「草莓族」，意指我們的下一代及下下一代都是經不起風雨、受不了委屈、承不住打擊的軟柿子。回想我們當年出國留學，拼命用功讀書不說，拿了獎學金還省吃儉用，那裡敢挑剔；有屋頂、有牆壁就能住，買菜靠兩條腿、外出遊玩精打細算。反觀現在的許多留學生，拿的是父母的血汗錢，還出門有車，住的地方有電視、沙發，還能年年出遊或回國。當年我們在學校、在社會上受到的委屈、歧視，那敢對父母提起？經常是打落牙和血吞、咬緊牙關，只有加倍努力、等著出人頭地，更上一層樓那一天。我們這一代深受儒家思想的影響，總相信：「天將降大任於斯人也，必先苦其心志、勞其筋骨、餓其體膚、空乏其身，行弗亂其所為，所以動心忍性，增益其所不能。」為了自己的前途、為了榮耀家庭、也為了能增進社會國家的福祉，我們願意忍受暫時的勞苦重擔。為什麼我們能吃苦、能委曲求全、能承受打擊呢？因為生在戰亂時代的我們的父母沒有辦法過度保護我們，我們需要自己闖蕩、自己承擔！

有時候我也想，是不是我們這一代太辛苦了，現在我們出頭了、有能力了，我們不想讓孩子像我們當年一樣受那麼多苦，所以對孩子就特別縱容些、關愛些、保護些。可是我們這樣做，到底是對或不對呢？對他們終究是好或不好呢？瞧瞧我們的孩子，他們對父母不懂得回報、對社會沒有責任感、對國家那就更不用說了。我有好些個朋友也常抱怨孩子對父母予取予求，只知道自己享受，對父母卻一點都不關心。唉！我們這一代是不是真的太驕縱孩子了？是不是愛孩子愛得太過了？會不會真是「愛之適足以害之」呢？

古人說：「養兒防老」，現在我們敢這麼說嗎？想起來可真是不勝唏噓呀！

我把套著冬衣的塑膠袋一個個拿開，把冬衣攤在地上，用小毛巾沾點水把發霉的白點一個個的擦拭乾淨。也不必再送去洗了，擦乾淨了，就把冬衣晾在後面陽台，讓太陽去曬，讓秋風去吹吧。

（2009 年 11 月 14 日刊載於《世界日報》副刊家園版）

此身危脆

此身危脆，無有堅固，我今云何，而生戀著？

我的父親在兩年前的八月間猝然離世，使我對生命無常的體認驟然加深；也使我在將近十年的學佛生涯中面臨了一次極大的考驗。在回台奔喪期間，我仗著不願離世的父親心生牽掛，以及不願添加家人傷痛的兩股願力下，心情一直維持在一種平穩的狀態。

回到美國之後，因為不需要再為誰而堅強，內心深處的情緒便在較無防備的情形下逐漸爬上心頭。那陣子，我經常在黑夜裡躺在客廳地上，透過那扇大窗戶仰望蒼穹繁星；有時我麻木的躺一整個晚上，淚痕印滿晨起惺忪的臉龐。有時我獨自漫步林間小徑，想著生命的沉重，和與父親最後一次的交談。偶而，我對著蒼天詢問父親的去處；偶而，我沿著樹林追憶父親的往昔。我想著：父親是這樣一個凜然傲骨的一介好漢，他在家裡向來是說一不二，在親友間更是一言九鼎，這樣一個有著強烈個性、對周圍人、事、物、影響深邃的大丈夫，怎麼可能突然間消失得無影無蹤？我又想，如果像父親這樣一生努力不懈，行善無間，成就了多少落魄無助的親友，但到最後卻仍然什麼都沒有擁有，仍然在剎那間就被世界所遺忘，那生命有什麼意義？

我的疑問逐漸變成了失望——對人生的失望、對我多年學佛的結果失望、對週遭一切事物的失望！然而，一個人在悲痛的時候，往往也像暴風雨時海中的浪一樣，最高的浪頭原是夾在最深的兩個浪凹之間的。在我這樣萬念俱灰的時候，智慧的光芒也像是黑夜盡頭的陽光一樣已然在悄悄醞釀。有一天，我隨手翻閱書架上的一本華嚴經，這句話霎時躍入我眼中：「此身危脆，無有堅固，我今云何，而生戀著？」我讀到這句話，竟低頭哀哀哭泣了起來……

我重新審視自己的懷疑，認真看看究竟是什麼樣的恐懼、失望、和無助引發了我心中的懷疑？仔細思維後，我發現我之所以懷疑自己，懷疑佛法，懷疑世間，全是因為我的「執著」！我執著父親應該能更長壽，我執著父親還算健朗的身體不應該突然間崩潰；我執著於「常」，執著「我所」——是因為對「無常」的真相產生懼怕，是因為對「常」的不可得產生失望，是因為對「我所」的失去產生無助，才引發了我的懷疑；而我居然忘記了我所執著的對象，本質上就是不可得的！忘卻了世間一切的存在本來就是一種因緣的和合，它是隨時不斷變異的。因此佛法才說「我執」乃是一切痛苦的原因。這一切本來就是佛陀指出的世間真相，本來就是佛陀一再要我們認清楚，而後認真去修習的「滅苦之道」。真理就這樣赤裸裸的現在眼前，而我非但沒有認出來，反而去懷疑那指出真理、真相的智者，和他所教導的方法，我不是瞎子嗎？我不是愚痴嗎？

唉，說起來，我們人類也真可憐。不知道從什麼時候開始有了與自然對立的念頭。一些觀念像「人定勝天」、像「征服自然」這些思想硬是把人類和自然分開。因此我們看到日出日落，知道是自然變遷。看到花開花謝，知道好景不常。看到天下大勢合久必分、分久必合，知道是調整平衡的一種自然率。唯獨對我們自己人類生命的生老病死總是憂心忡忡、無法釋然，因此我們看不清、或者說是不願意承認自己也像大自然中一切的事物一樣也都時刻在生滅中。我們的情執蒙蔽了我們的智慧。

其實，我們從很簡單的生物學裡就可以了解到我們的身體並不是像我們認為的那樣恆常。我們身上的細胞隨時都在死亡，隨時都在換新。就拿我們身上的血液來說吧！一般來說，紅血球的壽命大約是一百二十天，而血小板則約只有十天。我們每天都經歷無數的生死，不斷的生滅。這就是我們身體的自然法則，如果我們違背了這個自然法則，身體就不能安適。我們和大自然中所有的動、植物，乃至一切山川大地一樣，都同樣在生滅中流轉輪迴。

這個道理與宇宙的運行是相通的。宇宙中有無數的星球，每一顆星球又有它運轉的軌道。佛陀說，這個宇宙像一個因陀羅網，網上有無數的摩尼寶珠，每一顆寶珠都反映出其他寶珠的影子。我們的身體何嘗不是如此？呼吸器官的健康直接、間接影響到循環器官的運作，循環系統的運作直接、間接影響到消化系統的健康，每一個系統、每一個器官，甚至每一個細胞都有牽一髮動全局的作用跟影響。我們的身體是個小宇宙，和外面的大宇宙一樣，當失去平衡時，地震、海嘯、等等禍害就會層出不窮。因此，我們對待這個身體，也要像對待地球、和對待這個宇宙一樣，除了要了解任何一個因緣和合的存在，當因緣不具足時，就有敗壞的可能之外，也要在因緣未散滅前，勤加守護。

參加過禪修的人大約都有過這樣的經驗，在行禪的時候，如果你前面的人走得慢，你也必須跟著走得慢才不會撞到。而你後面的人也就必須跟著走得慢，如此層層相連，像骨牌效應一樣。我們身體內的平衡跟健康，乃至於宇宙間山川大地、和星球間的運轉，道理都是相同的。記得我曾經讀過一篇科學報導，文中說，一隻蝴蝶在南美洲的亞馬遜河邊揮動它的翅膀，翅膀的震動影響了周圍空氣異常的流動，這個空氣的流動引發了一連串的漣漪效應，最後竟至於造成了美國堪塞斯州的強大龍捲風。這個意思也就是說我們千萬不能小看任何一個動作、任何一個行為，因為任何一個分子、粒子的跳動，都會影響到其他分子的運行；像我們的身體、像宇宙的星球，相互牽絆，也相互成就。

因此，什麼是生命中該做的呢？就是好好的在人生的舞台上演好自己的角色。你是什麼就做什麼。盡一己之本分！如果我是籃球對的中鋒，我就好好的搶籃板球。如果我是天上的一顆星球，我就好好的照我該轉的軌道老實的運轉，不要隨便墜落，因為我深深了解，只有我老實穩住自己的軌道的時候，我旁邊的星球才能穩住它的軌道，而它旁邊的星球也才能穩住它的。如此重重相引，宇宙才不會有災難。所以說穿了，最後就是一個「不忍眾生因我而受苦」的一個悲心而已。因為不忍眾生因我而苦，所以好好照顧自己，使自己不成為別人的負擔。也適時適地盡力去照顧別人，使別人不成為別人的負擔，如此而已。

（2005 年 12 月刊載於《麻州佛教會月訊》）

她已站在雲端

親愛的家人：

二〇〇六年十一月二十五日台北時間，你們的早上，大姐就要化成一縷輕煙了。你們當中有些可能感到傷痛，有些或許會得到啟發。能得到啟發的看我這封信許是多餘，感到傷痛的就請耐心的把我這封短箋看完吧！

生命是沒有所謂的「結束」的。中國古話說：「生生不息」，這四個字並不只是一句成語而已，說的是千古不移的真相。生命只有「變異」，沒有「生死」。你看那蠶，從卵到蠶、從蠶到繭、從繭到蛾。從蠶的角度看，蠶是死了；從蛾的角度看，蛾是生了。蠶受到它自己形體的限制，看不到這一層，我們卻是看得清清楚楚。你看那毛毛蟲，從黑壓壓的毛蟲到蝴蝶，從毛毛蟲的角度看，是死的過程，從蝴蝶的角度看是生的過程。毛蟲受到自己感官的限制，看不到這個過程，而我們卻能清清楚楚的知道這中間的轉變。

同樣的，我們人類的生命也是如此，只因受到我們感官和身體的限制，看不到自己的生滅和蛻變。但是「天人」看我們的轉化就像我們看蠶的變化一樣的清楚。就這樣，上一層的看下一層清清楚楚的一級一級的高深。什麼是「佛」？「佛」就是能站在最高點上清楚的看到底下一切存在的變化、變異過程，因此而悟到一切本無生死、本無生滅。萬事萬物本就不生不滅。一切我們眼中看到的生死都只是因為我們只看到片段，看不到全景的緣故。

從前有一個父親，在臨死之際對他的孩子們說：你們不要在墳中找我，不要在塔中尋我。我在微風中、我在水面上、我在樹梢間、我在陽光下。因此，孩子們，去好好享受生命，去讓清風拂面，去讓溪水撫弄；到樹林中大口呼吸，到陽光下盡情取暖——我就在那裡面。

大姐離去前最後一次跟我談話時，在電話裡對我說，她每天早上都笑醒，覺得心情真好。看到窗外的藍天白雲，她心裡好歡喜，覺得自己就好似站在雲端上一樣。可不是嗎？她現在雖然以我們不熟悉的另外一種形式「存在」在另一個時空裡，但我在雲中看見她，在風中聽見她，我知道，她並未走遠……

（美國東岸時間2006年11月24日晚上，台北時間25日清晨）

將榮耀還歸大地

你問我如何打開心量
我環顧四周　清風拂面　陽光普照
我長長吸一口氣：「啊，真好！」
你問我如何打開心量
我回首翹望　明月高掛　星光閃爍
我輕輕闔上眼睛：「哦，多美！」
不要問我心量是什麼
我無法回答　因為
那是無言的感恩
那是無際的蒼穹
那是無量的大愛！

（2001 年 9 月刊載於《麻州佛教會月訊》）

老師再見

有時候我們希望時間過得快些，因為對明天有憧憬、對未來有盼望；然而，更多時候我們希望時間能停頓下來，不要像現在這樣飛逝過去。此刻我就是這樣的心情。三十天，再過三十天，我就要離開我任教兩年的學校和這一批少有人關懷的半大不小的孩子們了。

我當導師的這一班被稱作「放牛班」，訓導主任曾經屢次對我說：「你班上有學生曾經是幫派的龍頭老大；你對他們千萬不能心軟。」我知道他指的是我班上的大個子程漢。但我在大學的時候主修的是教育心理，我不可能被他一言嚇倒。

開學後第一個星期，程漢在上國文課的時候，打開便當，一邊吹著口哨，一邊吃著便當，國文老師非常生氣，叫他到教室外面罰站。程漢走到教室外面，仍然吹著口哨，在走廊上來回踱步，時不時還對教室裡的同學做鬼臉；國文老師忍無可忍，抓起程漢的臂膀，狠狠地用教鞭打了下去，程漢大吼著說：「你記我大過好了，幹嘛打我？」事情鬧到訓導處，我自然也被請去。

那是我第一次跟訓導處「簽訂合約」；為了避免程漢被退學，我自願在每天下班後特別留下來個別輔導程漢。兩個多月過去，我看不到任何效果，但我依然維持著諾言，下班後留在辦公室，和程漢面對面坐著，他不開口，我也保持緘默。

直到有一天，我上完課回到指導活動室，程漢照例來報到，他手上端著一杯熱茶，靦腆的說；「老師，這杯熱茶給你。」那天他告訴我許多他家裡的情形，以及他如何想以打架鬧事、吸菸、賭博……等等來提醒他的父母他的存在。我趁機和他討論了一些每個人生活中都可能遇到的不同困難，以及遇事該如何斟酌解決方案，和每種解決方案可能有的不足和其間之得失。

之後的第二天下午開班會的時候，程漢主動要求上台說話，他在同學面前公然懺悔他從前的行為，並希望同學們以他為戒，不要走上歧途。並且向同學們保證，說他一下課就會立刻到專任教師辦公室向國文老師道歉。他的行為大大出乎同學們所料，各各聽得瞠目結舌。

這一年的四月九日星期三，學校裡每一班級都排自習課，所有的老師們都在事務處觀看電視實況轉播，當天先總統蔣公的靈車從榮民總醫院移往國父紀念館。轉播完畢後，訓導主任悄悄地對我說：「你那班學生整個早上安靜得出人意料。」我微笑著問：「真的？怎麼那麼乖？」他回答說：「那個程漢呀，站在教室前面維持秩序，看來大家都聽他的話呀。」

七月中旬，我啟程赴美讀書，在松山機場送行的隊伍中，除了我的家人之外，還有一群十幾個穿著國中制服的學生。程漢代表全班把一串花環套在我的脖子上的時候說：「希望導師去的地方沒有颶風，也沒有暴徒。祝福您早日學成歸國。我們永遠想念您，敬愛您！再見，老師。」

（1975年7月28日刊載於《中央日報》副刊）

回來真好

當我收拾好行裝，向我的知心好友們道別的時候，有的臉上現出欽羨的神色，彷彿對我說：是呀，回去吧！那裏才是可以談精神生活和靈性的地方。不像這裡，盡是功利。有的朋友則顯出婉惜的樣子，也有些誠懇地勸我：「這裡工作都已經是現成的了，回去幹嘛呀？賺的錢不多，生活也不享受。再說，台北交通那麼混亂，想起來就叫人退避三舍。能留在美國，就留下來吧！將來把家人都接到美國來，為什麼一定要回去呀？你回去以後會後悔的。」其實，我當時並不知道我的決定回國究竟是情感的衝動，還是理智的抉擇，我只是覺得非回來不可！

飛機離了舊金山，又經過了那浩瀚無邊的太平洋，我心中逐漸感到不安，對自己的決定起了懷疑。國際換日線已過，闊別三年的東京，迅速地被飛機甩在身後，台灣已經在望。我想起三年前紅著眼睛送我出國的父母親和姊妹們，三年前臉上帶著強忍深情的朋友。三年來，我獨自在外奮鬥，遠離了家鄉才知道親情的溫暖，摯誠友誼的可貴。在國外，每當夜深人靜難以入眠的時刻，想起自己曾經對這些親情友愛的輕忽，總不免淚流滿眶。

飛機打出了「繫好安全帶」的標示，空中小姐們忙著檢查旅客的座椅是否扶正，小食桌是否收整；我綁好安全帶，心裡七上八下，不知是喜是憂，亂成一團。

入境手續是繁忙的，官員們總難得露出笑臉。海關官員拿著我的護照和入境表，翻翻看看，遞回給我時，忽然對我說了一句：「歡迎回國」，我愣了一下，驟然間一絲溫暖爬上心頭，同時也立刻感受到了一種歸屬的驕傲。

久去的遊子歸鄉了！像小草終於得到了陽光和雨水的滋潤，又欣欣向榮了。疑惑的不再是回國的抉擇是否正確，而是在異國他鄉缺乏歸屬和精神生活的情況下，為何還遲遲不肯歸來的落寞和堅持。

現在，承蒙青輔會的推薦和協助，我有一份令人稱羨的工作，在銘傳商專擔任講師，能將我的知識、經驗傳授給年輕的一代；夫婿則在救國團工作，雖然每天早出晚歸，有時候夜晚還得加班、辦活動，但我知道他所從事的工作是極有意義的社會教育事業。我們有共同的理想、目標，有為社會、國家盡心盡力的決心，我們共同組織了一個快樂的小家庭，生活踏實而充滿了靈性和情趣。我每天都能與父母、姊妹們通電話，週末還能小聚，環繞在父母膝下，享盡天倫之樂。社會的安定，國家的蒸蒸日上，日益向富強康莊大道上邁進，我們的每一分心力都灌溉在屬於自己的土地上，這種有歸屬感的安然是在美國一直都缺乏的。

我那留學時代的眾多朋友，如今已散居在美國各個角落，有些已失去了聯絡；我很想告訴他們，我不後悔回來，正如我從不後悔去美國留學；那一段留學生艱苦的生活經驗，使我體會到什麼才是人生真正該追求的目標，什麼才是人生最寶貴的財富，它引導我更堅強、更獨立。人是應該接受考驗的，只是，當瞭解了什麼最寶貴、什麼最有價值的時候，就不要怯懦的不敢回頭。畢竟，這一岸的世界才是屬於我們的。

（1979 年 5 月 12 日刊載於《中央日報》副刊）

社會教育的執行者

這個世界上有許多人為善不與人知。行善之人在行善時，雖不為名或為利，也不期待表彰，但我相信能得到大眾的肯定，也喚起社會中見賢思齊的風氣，也應該是為善者的一種安慰和鼓勵。本著這樣的一種信念，我才敢寫這篇短文，來為我所看見的做一個見證。

我在念台北一女中的時候，第一次聽到「救國團」這個名字；總以為它是一個政府機構，人員屬於公務員，經費自有政府撥給。後來接觸多了，才知道救國團其實只是一個民間機構，它既不屬於國民黨，更不是政府組織。他們的經費都是透過辦活動來籌措的。在那裡工作的人員，承辦任何一個活動，都得從頭到尾、事無大小親自處理。他們沒有所謂「勞心」或「勞力」的界線，碩士、博士，辦起活動照樣要扛東西，動腦筋，身體力行。我是被他們的敬業精神感動了。想想看，這個社會上有那一個機構能用這麼少的人力和財力而舉辦這麼多的活動，而又使每一個參與活動者都能盡興開心？

有一次，我很不解地問一位在救國團工作的朋友說：「你們工作量這麼大，拿到的待遇卻相對少得可憐，為什麼還要那麼賣力地去做事呢？」他回答我說：「這就是救國團的精神所在了！況且救國團裡還有許多義務的工作者，他們出錢出力，完全無條件付出。我們還拿薪水，怎能不更賣力呢？」這就是救國團工作人員一致的做事精神。

救國團的工作範圍裡比較為人熟知的，除了「張老師」之外，可能就是「學校工作組」和「社會工作組」了。這兩個組每年都會辦兩次大型的青年娛樂活動，也稱作自強活動。此外還有一年三百六十五天持續舉辦的各種各樣的研習活動。他們以最廉價合理的收費，提供最完整妥善的服務，寓教於樂。除了寒、暑假定期活動之外，學校工作組的輔導員還為在校生提供工讀的機會，社會工作組的輔導員則不定期的舉辦工廠青年的趣味競賽、工作技能研習會，以及加強工廠老闆對員工福利和改善工作環境的輔導……等等。救國團的員工經常是沒有晚上，沒有週末的工作著，甚至因為工作關係，一兩個月都無法回家和家人共進晚餐。他們的工作精神和毅力，也著實令人欽佩！

如果，社會上有更多人能夠本著「取之社會，用之社會」的精神，來為自己的鄉土、國家作更多的善事；如果，地方上一些大財主、大資本家肯拿出他們的一小部分錢財，為社會教育作一個開端；如果，這個社會能多給那些在救國團裡不計薪資多寡，傾全力為學生、為社群服務的工作人員多一些獎勵、鼓舞，和支持，或許我們國家的社會教育能更有績效，更有成果。社會教育嚴格說起來應該是全民的責任，政府的責任，不應該只是由一個民間單位來獨力支撐。既然救國團已經在這方面開始了一個斐然可觀的績效，全國各界人士的合作、鼓勵和支持應該是不容推卻的。

（1979年5月24日刊載於《中央日報》副刊）

加強英文，學聽「俚語」

朋友在教育部服務，邀我寫一篇有助於留學生學習英語的文章，我因為工作關係，經常接觸國內到此地念書的同學。這幾年到美國求學的留學生，在英文語言方面比十數年前進步很多，大體上一般的會話都沒有問題，但是英文底子深厚的倒也不多見；偶而碰到一些對外國文化背景不熟悉的美國人出口成俚，就只好乾瞪眼或打哈哈的混過去；現在時代的腳步快，凡事要求速成，想要求留學生埋首苦讀英文是很不容易的事，因此當同學們希望我講述如何加強英文能力的時候，我就想不如寫一篇「短文」，提綱挈領的把一般常用的俚語拿出來談一談，提供大家參考。

俚語是一種文化的產物，其出處為何，往往並不可考，只是透過一再的使用而變成通俗的用語。一般常用有關表達情緒方面的俚語有：

It makes me burn

It burns me up

I'm ready to blow up

It drives me nuts

It sets my teeth on edge

這些都是表達生氣、憤怒的意思。中文有基礎的人知道用「氣呼呼」、「恨得牙癢癢的」、「怒髮衝冠」、「熱血沸騰」……等等來形容憤怒，碰到需使用英文時，卻只會用 angry, 或 mad, 如果多學些俚語，談話就會生動許多。

我們在碰到不如意的事情的時候，往往會說：算了，過去的就讓它過去吧！反正謀事在人，成事在天，人有時候難與命運抗爭；這些話英文怎麼說呢？

Well, I'm letting bygones be bygones

I'm taking it with a grain of salt

I'm smiling through my tears

It's just part of the give-and-take

世上每個人都有他自己的十字架要背負。幸福有它一定的容量，凡是有得必有失，留學生生涯中有苦、有樂，在傷心失意時，不妨想想 Maybe this is a blessing in disguise.

快樂是一件可貴的財富，中文有所謂的「樂不可支」、「樂上天」等等的詞彙，英文也有類似的說法：

I am on cloud nine

I'm laughing my head off

I'm in seventh heaven

Everything's coming up roses

當然，這世界上也有殘忍的一面，有人說「共患難易、同享樂難」。大凡世人對別人的成功不是忌妒，就是諂媚；再不然就是互挖牆腳、暗地裡摧殘，所謂"Dog eat dog world"，"Fighting tooth and nail"。

中國人向來含蓄，我們從小受到的教育都說人要謙卑，別人讚美你的時候，要說「不敢當」、「那裡、那裡，您過獎了」甚至還要說反話「那有？！」。

美國的教育方式則完全相反，總要孩子感到自傲，比如常聽到孩子們自己說的"I'm good! I'm wonderful"，或是聽到別人讚美"You've got a good head on your shoulders"，"Don't sell yourself short"等等.；美國人是世界上最會誇獎人的民族，一點點小成就，他們就把你說得像是貝多芬或愛迪生再世，所以聽到美國人讚美你，千萬別忘形，他們也就是隨口說說而已，以平常心待之即可。

（1993年10月28日刊載於《留學生學訊》。《留學生學訊》於1986年8月15日創刊，出版者教育部）

南介英老師

十五年來，每年的教師節，當有人問我：「那一位老師對你一生影響最大？」的時候，我總是想起那高瘦修長，身穿長袍，仙風道骨，卻又瀰漫一臉憂鬱的歷史老師——南介英老師。

我並不確知南老師曾經經歷過多少滄桑和悲痛，但我清楚地記得他在我們這一群十三、十四歲的小女孩面前，用顫抖的聲音，聲淚俱下地講述中國近代史，講到蘆溝橋事變、南京大屠殺等等日本侵華的歷史時，他還曾掩面哭泣，不能自已。

記得那是民國五十二年，我進入桃園縣內最好的初中「楊梅中學」就讀。南老師是我初中一年級到三年級的歷史老師。他和其他老師最不同的是，他從不點名，似乎也毫無興趣認識班上任何一位同學。每次一進教室，他就把手上的課本放在講桌上，整堂課都不會去動那課本；但是娓娓講述每一段的中國歷史都如數家珍，包括事件發生的年代，好似全部歷史都在他的腦海中、心坎裡。歷史原來並不是我最喜愛的科目，但南老師那一口標準的國語、對歷史文化知識的淵博、和講課時他那整個人像活在歷史當中的忘情，都使我欽佩不已。

初中二年級，同學們忽然間都變得多愁善感起來，有的同學開始沒日沒夜地猛看各種言情小說；有的開始和男同學約會、寫情書；還有些同學沉迷在幻想中，每天上課時都望著窗戶外面發呆。我自己則在虛無中飄盪，男女情愛對我而言完全是芝麻小事，太過渺小。我需要更大的理想來寄託我充沛的情感。那時候，歷史課正說到清末民初。南老師親身經歷過九一八，七七事變……等等，他那慷慨激昂的講課，和對中國多難的憤慨，便成了我精神上最大的支柱。

南老師說，他年少時跟著母親逃難，家中管家和男僕在前面領路。忽然間聽到一聲砲響，男僕把他們母子往後面用力一推，他跌撞在母親懷裡，母親從地上爬起，管家也幫著攙扶。男僕轉過身對他說：「少爺，別怕，跟著我走。」南老師看到男僕，大哭起來，對母親說：「頭……他的頭……」，男僕聽了，往頭上一摸，才知道自己的半邊頭被炸碎了，立刻昏死過去。南老師說到這裡，脫下眼鏡擦淚，我也早已淚眼盈眶。

南老師也說過南京大屠殺期間，他的堂弟被日本兵拋到空中，然後被日本兵舉刀在空中戳穿腸肚的慘事，他說得哽咽，我也聽得趴在桌上啜泣。有一天，學校請了一位從柬埔寨歸國的華僑來演講，那位華僑說了許多我們中國人在海外受人欺凌的事情，聽得我氣憤填膺；演講一完畢，我就從人群中擠上前去，對那位華僑說：「我們這一代的中國人絕不會再受人踐踏！」這件事後來被南老師知道了，他特地把我叫到他的宿舍，鼓勵我好好讀書，好好做人，還對我說：「孩子，中國人是一個苦難的民族，一直受到欺凌、侮辱，和踐踏，你們要記得中國的恥辱，要記得中國的苦難！」南老師的這段話，我一直不曾忘卻。

南老師是個寂寞的人；他的寂寞多半是因為國仇家恨，但是他沒有懷憂喪志，他把他的悲哀透過講課，把歷史講述給學生聽，期望下一代能堅強，能愛國。從那一次聽他的教誨之後，我的歷史考試總是拿一百分。初中畢業以後，我考上了台北一女中，一直到大學畢業，再也不曾遇見像南老師那樣的歷史老師，但是我的歷史成績始終都是名列前茅。

民國六十二年，我出國深造，在海外則更能體會到南老師提起的民族意識和愛國心。我是中國人，自然有責任挑起苦難中國的一切包袱，因此，學成後，我便毅然回到台灣，承接了教育下一代的責任。我也經常勉勵學生，不要忘記國家的苦難，民族的尊嚴。在今天高唱加強民族教育的時候，我衷心希望南老師和千千萬萬有同樣理想的中國人所做的一切努力，能有開花結果的一天。

（1980 年 10 月 3 日刊載於《中華日報》副刊）

心窗回顧

兩天前我和一位十三年來未曾見面的老朋友約好一起吃午飯。乍見之下，他對我說的第一句話竟是：「哇塞，我看歲月並未在你臉上刻下什麼痕跡。」我微笑著接受他這一句可能係一語雙關的話。十三年，怎麼可能沒有改變呢？從一個黃毛丫頭到兩個孩子的母親；從一個充滿夢幻、嚮往大草原浪漫無羈，不知天高地厚的少女，到每天張羅柴米油鹽，周旋在辦公室同事和公婆父母等等複雜人際關係之間的上班族兼家庭主婦，這期間要經過多少蛻變？要喪失多少青春和熱情？但你若問我：「後悔、惋惜不？」我卻又無法回答是或不是了。也許，世間事皆有兩難吧！有所得必有所失，或者更正確地說，有所失必有所得吧。青春是褪色了，可智慧是長進了，而智慧不遠比青春更可貴嗎？何況誰又能留住時間的腳步，叫光陰停頓不走呢？

記得高中時候教我們地理的張老師曾經對我們說過：「美，人人嚮往；但『完整』卻使人少受煎熬。取捨之間，寧取『完整』而捨美矣。」當時

十六、十七歲左右的我們完全不能接受這樣迂腐的價值觀。寧為玉碎，不為瓦全，是我們當年的豪情。因此我們不畏荊棘、不怕苦難和悲傷，反而擁抱寂寞、傷害，認為悲壯才是生命的真諦。

年輕人是幸福的。他們能在一次的沉睡中忘掉所有的煩惱，每天像奇蹟般在睡眠中獲得營養，而能夠在第二天醒來後迎接更多的挫折和挑戰。這種能力和幸福隨著歲月的流逝便越趨淡薄。步過中年，方了解人生不如意事確實十常八九，圓通的智慧比起追求極美的熱情確實比較實際。

所以，在我教書或從事學生輔導工作的歷程中，我也變成了當年一女中的張老師。每當學生向我抱怨說：「這樣的人生有什麼意義？我不要像這樣庸庸碌碌的活著！」的時候，我總是勸他們先忍耐一陣子，把情緒先寫在日記本裡，過些時候再回顧看看當時的喜怒哀樂現在是否還是感覺如此強烈。在歲月的流逝、時光的推移，和情緒的盛衰、強弱之間，我們便能逐漸了解生命的意義了。

（1986年11月21日刊載於《心理書訊雜誌》。《心理書訊雜誌》創刊於1985年，發行人劉安屯）

千里寄情

今天收到妹妹寄來的《華副》剪報。出國兩年來，時不時地就會收到妹妹或媽媽寄來的各大報紙的剪報，聊慰我在海外與中華文化斷隔的寂寞。妹妹的信箋上說：「姊，這是我為你剪下的文章，我覺得這篇文章許多地方很像你的口吻，真希望有一天能看到你的文章重新出現在國內報紙的副刊上……」。看完妹妹的信，心中五味雜陳；出國前曾經答應家人和朋友，到了美國一定會把國外的見聞、感觸寫下來與他們分享。如今來到這裡兩年了，不是沒有想過寫些東西，只是每次提筆都有太多的顧忌；痛苦的經驗不敢提，怕親友擔心；心中的寂寞不忍說，因為說了也沒用。因此只能把孤獨、積鬱壓在心底。原以為日子久了，思家之情就會淡些，寂寞之感也會淺些，那裡知道鄉愁是與日俱深的，它會逐漸在心裡打上一個個的結，一個個綑綁不可解的結！

妹妹寄來的剪報是一個留學生的悲慘故事，奇特的是，這篇文章竟沒有增添我的哀愁，倒反而讓我長長的嘆了一口紓解的氣息。有一位文人曾經說過「當我發覺你也孤獨的時候，我的孤獨便得到了安慰」；這句話不是自私，不是幸災樂禍，而是人類企求被了解、被同情的本能。

我想我還是應該多寫的，把留學生在外的感觸不管是喜、是憂，透過報紙媒介和國內、國外的同胞交談，吐露自己心底的鄉愁、鬱悶，或歡欣喜悅。留學生需要家鄉故土的滋潤，需要同為「獨在異鄉為異客」的友人共鳴。讓我們拾起筆桿、再度出發。

（1977年6月6日刊載於《中華日報》副刊）

生命的代價

林依玲坐在候診室，心裡正盤算著如何說服張醫師。張醫師開門進來，職業性的與伊玲握了握手，問到：「怎麼樣？懷孕了？第幾胎？」

林依玲像犯了什麼罪似的，支支吾吾地回答：「張醫師，這一次真的是意外，您知道我已經有三個女兒了，我也年紀大了，我不想再要……我知道您是教徒，但是您可不可以……」

「那有什麼關係？」張醫師不等依玲說完，就打斷她的話說：「現在醫藥發達，多的是四十幾歲生小孩的。生命是上帝所賜，怎麼能夠用人的力量摧殘？再說美國對貧困人家生育孩子還能提供牛奶、食品的補助，妳擔心什麼？」依玲靜靜聽張醫師說完，走出他的診所，心裡一片茫然。

從二十五歲結婚，到現在四十歲，這十五年間，林依玲在工作與家庭的雙重壓力下，好不容易把孩子拉拔長大，小女兒今年上小學二年級了，心想總算能喘上一口氣，過一些屬於自己的生活，不想竟又意外的懷上了一個。雖然伊玲也不想傷害小生命，但是她已經覺得精疲力盡，再說依玲始終覺得人生苦多樂少，尤其是女人，多半註定一生煩惱，受苦的多。而且她已經有三個女兒，若是再生一個女兒，豈不是替世間又增加了另一個註定要受苦的人？

張醫師一再強調，墮胎是罪惡，是殺人，是神所不允許的。依玲心神不定的開著車，在回家路上，決定繞路去看陳姊姊。陳姊姊是個虔誠的佛教徒，她靜靜聽完林依玲的傾訴之後，只輕描淡寫的說了兩個字「節慾」。

林依玲感覺甚是失望，她覺得宗教上許多教條都偏離了現實，尤其不從女性的角度來探討問題。「節慾」？去跟男人說吧！節慾又不是單靠一方，為什麼總是女人要扛肩這麼多不公平的責任？

林依玲決定打電話給她的二阿姨。二阿姨一輩子受盡了生兒育女的痛苦，還差一點丟了性命。沒想到二阿姨聽說她懷了孕，居然興奮的說：「好呀！這回生個男孩就十全十美了！」林依玲頓時覺得自己好孤單。

接下來的幾天，林依玲不斷的打電話詢問各個診所，但是對方一聽說是要墮胎，就都推卻了。這些拒絕使依玲覺得自己像是惡貫滿盈的犯人，沒有人願意對她伸出同情的手。日子一天天的過去，林依玲開始害起喜來，失望加上恐懼使得依玲的精神委靡不振，住在隔壁的美國人珍妮注意到了，那天倒完垃圾，珍妮就攔住依玲問起她為什麼最近總是鬱鬱寡歡，是否家中出了什麼事？

林依玲滿腹委屈地把懷孕以後的種種矛盾和盤托出，沒想到珍妮聽完後，大不以為然，她說：「依玲，妳要知道，胎兒固然有生命，但是婦女本身更應該有權利決定自己要不要繼續懷孕下去。妳已經有三個孩子，妳的青春已完全奉獻給了妳的孩子和家庭。妳還要犧牲多少自己的歲月？妳不主動爭取過自己想要的生活，誰會替妳爭取？妳何必一定要找中國醫生？美國醫生更了解婦女的權益，矛盾心理。墮胎雖然不得已，但是總比一些人生了一大堆孩子，卻不能給孩子良好的環境和全心的照顧好吧！」

珍妮說得不錯；林依玲住的地方有好幾家中國夫妻都在餐館做事，孩子們自己在家，也沒請褓姆，就是大的帶小的。前陣子隔壁幾家趙太太的女兒還被開水燙傷了住院，後來差點被鄰居控告說是他們虐待兒童呢！

在珍妮的安慰和協助下，林依玲終於和醫生約好了時間去做流產手術。前一天的傍晚，她坐在客廳，望著窗外西天的彩霞，想到母親常說的那句話「天生天養」，又想到母親經常嘆息說：「年紀大了，還好有妳這一個小女兒還能陪伴在身邊……」；究竟生養孩子的目的是什麼？究竟人生的意義是什麼？究竟她明天該不該如約去診所？林依玲不覺又遲疑躑躅起來。

（1989 年 2 月 15 日刊載於《世界日報》家園版）

老人食堂的俠客

郭先生是洛城老人食堂的常客，他的外表看來跟其他老人沒什麼不同，中等身材、瘦瘦乾乾的型，在一群人當中你也不會特別注意到他。但是在這個老人食堂裡，他可是個名人，你知道為什麼嗎？因為他愛打抱不平。你如果聽那些老人說起郭先生的故事，你的腦海裡肯定會浮起一個白衣少年，身披一把長劍，路見不平，拔刀相助的影像。

洛城老人食堂有內、外兩廳，說大不大，說小不小，足夠容納經常出入的老人了。雖然沒有規定座位，但是因為來的都是常客，久而久之也就有了慣例，有些人固定坐在某一個座位，一坐就是十來年。

這一天，老人食堂裡來了一位中國老太太，她拄著拐杖蹣跚地走到內廳的一張桌子旁，拉上椅子坐下。她緩緩地從手提袋裡抽出報紙，才看了約莫兩分鐘，一位墨西哥裔老太太走到她面前，說：「這是我的位子」。中國老太太扶了扶老花眼鏡，回答說：「啊，你說什麼？」老墨太太大聲地重申一次這是她的座位。

中國老太太一聽慌忙站起身來，撞翻了擱在桌旁的拐杖。說時遲、那時快，郭先生一下子衝到老墨太太面前，說；「這裡沒有規定座位，先來先坐。怎麼可以說這是你的座位？」

接下來發生什麼事，眾說紛紜，反正聽說老墨太太哭著到辦公室告狀，食堂主事的經理到餐廳來協調、並詢問到底發生什麼事？據說底下鴉雀無聲，沒有人回答經理的問題，個個自顧自地做自己的事，就好像完全沒聽到經理說話似的。食堂經理也只有摸摸鼻子不了了之。中國老太太依舊坐在原先的位子，只是旁邊坐著郭先生。過了幾天，有人問起郭先生這件事，他只輕描淡寫的說：「看到自己同胞被欺負，哪有袖手旁觀的道理。」

郭先生的故事很多。聽說半年多前，有一位患有中度癡呆症的Ａ太太來到了食堂。Ａ太太有一個隨身看護，但是看護每天早上到了食堂後就開始四處遊蕩，打麻將、打乒乓球、找人聊天等等，根本把Ａ太太撂在一旁，理都不理睬。其他老人看在眼裡，也不說什麼，只是總有幾個好心的老人會湊上前來跟Ａ太太說話、聊天。Ａ太太看起來也挺開心。

可這看護的行為看在郭先生眼裡，就過不去了：「你拿人錢財，就該替人辦事。每天把老太太撂在一旁，自己去吃喝玩樂，算個什麼事兒呀？做人要有良心！」郭先生每次逮到機會，必定要把這話重申幾次。

起先看護只是裝沒聽見，後來看護索性不帶Ａ太太來了。據同住在一棟公寓的老人們說，Ａ太太現在那兒都沒去，每天在家裡，也沒人說話。

食堂裡有人就怪郭先生，說他太愛管閒事，適得其反。他們對郭先生說：「這種事你就不該管，你看，現在看護把Ａ太太撂在家裡，不理不睬；Ａ太太也沒人說話，完全跟外界隔絕，情況不是更糟糕嗎？以前來在這裡，起碼還能看看人，還有人說說話。」

但是郭先生堅持他的看法，他說：「這看護的行為就是虐待老人，不能縱容。我看不慣這些拿人錢財卻昧著良心做事的人！」

公說公有理，婆說婆有理，總是沒有定論。隨著時間的推移，這些事情也就變成了大家記憶中的故事。

（2019年9月18日刊載於《世界日報》家園版）

常先生的鄰居

常先生的鄰居葛瑞住在馬里蘭州洛城冬流區已經超過四十年了。按理說，一個在同一地方住了這麼久的人，應該對這個地方充滿了感情，而且會愛護這個社區才對，但葛瑞卻不是這樣的人。

葛瑞只愛惜自家庭院；若是在她的車道上看到掉落的樹枝，她鐵定往左、右或是對面鄰居的院子裡丟，要不就是直接丟在馬路上，讓來往車輛把樹枝輾得碎碎的。

葛瑞有一隻雪納瑞種的小狗。這小狗也不知是怎麼訓練的，每天主人一開門放它出來，它立馬就跑到常先生家的草地上去方便，完事以後，就蹲在自家門口，嗚嗚嘰嘰幾聲，葛瑞就開門迎它回家。常先生剛搬來的時候不了解為什麼家前草地上每天總有一堆狗屎，後來發現是隔壁葛瑞家的狗，本著敦親睦鄰的原則，多次客氣的提醒葛瑞。葛瑞每一次聽了，都是一臉抱歉地說：「哎呀，我家狗狗跑到你家去方便了？對不起，對不起，我會處理的。」

可葛瑞從沒有去處理，只是放小狗出來的時間變得十分不固定，有時候是清晨，有時候是傍晚，甚至是半夜。常先生、常太太也只能跟著調整監視的時間。他們經常守候在窗邊、門口，一看到小狗出現，就開門去趕。常太太甚至晚上睡不著覺，深怕錯過了監視，讓狗屎又出現在門前嫩綠的草地上。

常先生夫妻在美國也待了幾十年了，深深了解在美國這個社會，沉默絕不是金！但礙於中國人的老觀念，遠親不如近鄰，總是不想把關係搞得太糟！隨著日子的飛逝，睡眠品質的敗壞，和無形壓力的增大，常太太覺得自己得了精神衰弱症。常先生也因為每天要清掃狗糞，脾氣愈發暴躁。最後他們忍無可忍，便決定放棄敦親睦鄰，一狀把葛瑞告到了郡政府。

蒙郡政府效率還不錯，一週後就回函說，相關人員已兩度敲過葛瑞家的門，雖沒有見到葛瑞本人，但已留下警告函。若問題沒解決，希望常先生能實況攝影作為證據。

常先生以為從此就天下太平了，但他錯了。過了一個多月，常先生依然每天還得繼續做著清潔工。有一天半夜兩點多鐘，常太太看到小狗出來了，急忙喊上常先生，他睡夢中抓了相機，啪啦啪啦地連續捕捉了小狗如何跑到他們家、如何方便，以及方便後的成果的一連串照片；第二天一併送上了郡政府的相關部門。

三個半月過後，常先生接到法院通知，要他三星期後到地方法院出庭作證；信上說葛瑞不服法院要她繳納六百元的罰款，因此提告上訴。常先生夫妻向來奉公守法，不與人為梗，沒想到到了美國反要上法庭與鄰居對簿公堂，心裡愈想愈不舒服。他們開始考慮是不是應該花錢聘請一位律師來替他們出庭、辯護。

日子在提心吊膽中又過了八、九天，法院又來了一封信，常先生夫妻倆戰戰兢兢的拆了信，才知道說不必出庭了，因為被告已繳納全數罰款，案子結了！

將近兩年來的身、心折磨讓常先生夫妻學到了一個事實：在美國這個社會，不能太感情化，不能太軟弱，要學會應用適當法律來保護自己。

（2019年11月10日刊載於《世界日報》家園版）

道德重整的宏願

大學時代我是個徹頭徹尾的理想主義者，我堅信個人能夠喚起民眾、甚至整個群體，來承擔對社會的責任，和對國家的忠誠。因此那個時候我參加的學校社團便都是些堂而皇之的如「青少年服務社」、「育幼院家教」……，等等服務社會人群的團體；其中我花了最多時間，注入最多精力的則是「道德重整合唱團」。

當時我們這個合唱團傳播的中心思想，是本著西方聖哲「佛蘭西斯」的祈禱文：「我要在充滿仇恨的地方，播下愛心的種子；在充滿黑暗的地方，播下光明的種子；在充滿絕望的地方，播下希望的種子……」，我們蒐集了許多鼓吹世界一體、提倡濟世助人的中、英文歌曲，甚至團員們自己填詞、編曲的歌，在台灣全島各處演唱。團員們每周固定在宿舍練歌之外，並討論如何服務社會，且重申各人對國家社會貢獻心力的承諾。

畢業之後，隨著團員們出國的出國，結婚生子的柴米油鹽，生活的路徑便愈走愈遠。近半個世紀的生活歷練，我也像工匠手裡的石頭般，被鑿刬了稜稜角角，只剩下了石匠眼中可用的材料。

退休之前有一天，我和一位數十年的好友談到我在學校裡看到學生把紙張隨手扔進垃圾桶，我堅持要那位學生把紙張撿起來改投入回收箱，卻遭學生白眼的事情。老友笑著對我說：「你到這把年紀了，還想 make a difference? 少操心吧！現在你只要每天吃得進去、拉得出來，少給兒女、社會添加負擔，就是最好的貢獻了。」我聽了居然覺得他說的有道理而沒有辯解，我就知道自己真的是老了。

（2020 年 6 月 27 日刊載於《世界日報》上下古今版）

老人食堂的美女

江太太怎麼看都不像是應該經常出現在老人食堂的常客。她皮膚白皙、臉上看不出一絲皺紋，夏天時候她總是一身網球裝——白色上衣配上短短的裙子；冬天則是高領毛衣、緊身黑褲或黑裙、配上長筒馬靴。她的人緣極好，不管中外人士見了她總是「Honey, honey」，或是「親愛的」熱絡地叫著，而且熱情的擁抱。

按照洛城老人食堂的規定，辦理老人餐必須年滿六十歲。也就是說，江太太絕對是超過六十歲，可她的外表和裝扮看起來就像個二十幾歲的妙齡女孩。她超越年齡的裝扮如果是在中年人的群體中，很可能會引起一些不以為然似的側目或批評，但是老人群體畢竟不同。也許是人生經驗豐富、見多識廣，也許是精力有限，自顧不暇，老人堆中很少搬弄是非，更沒有猜忌或妒恨，頂多是聊聊個人對事物的不同看法、不同意見罷了。

江太太常說，她在念大學的時候，有一位老師曾經對班上同學們說過：人都會老，但是老要老得優雅，不能有老相。什麼是老相呢？不注重儀表、不喜歡學習、缺少童心或好奇心、不肯運動、不願意出門或旅行。這些話她記了一輩子，所以她堅持運動、熱心學習、與人交往、注意穿著。她說她只要能走，就絕不成天待在家中；而且出門一定淡妝，自己看了舒服，儀態自然充滿自信。她總是對她身邊的友人說：「千萬別一個人悶在家裡，遲早要得憂鬱症。」

有一天，江太太提早到了食堂，獨自一人坐在面向大門的那張桌子邊，來來往往的人群裡竟無人跟她打招呼。有些老人走過了她身旁，卻又回頭用狐疑的眼光望著她。這種情形過了總也有個十來分鐘吧，江太太終於站起身來，走到排隊等餐的隊伍中，她那熟悉的短裙和長筒靴裝扮立刻引起一陣喧嘩；

「江太太，是妳呀……？」

「Honey……？」

「親愛的……？」

種種訝異之聲此起彼落，好像大家忽然間發現什麼寶藏似的。江太太整個人笑彎了腰。

原來江太太戴了個時下年輕人最流行的棕褐色假髮！

霎時間，這群老人竟像是孩童般搶著追問起來：假髮在那兒買的、多少錢、是特別訂做的嗎、訂做要等多久才能拿到……等等；江太太笑著一一解說，並建議每個人都試戴這假髮看看，於是一個個老人輪流把假髮戴上，惹得其他人哈哈大笑。食堂的熱鬧和歡樂氣氛久久不散。

雖說這群老人們隔天很可能就都忘記了前一天為什麼笑成一團，或究竟大家談論了些什麼事情，但是從某種角度來看，「健忘」不也是一種幸福嗎？畢竟，生命的最終學習課程是「活在當下」，不是嗎？

（2020年7月19日刊載於《世界日報》家園版）

湖濱的長椅

二〇〇三年八月，我們家遭遇了極大的變故。用大姊的話來說，是我們家失去了一棵遮蔭的大樹。父親的驟然離世不僅帶給我們沉重的憂傷，更使我們感到愧疚。一向把家庭重任扛在自己肩上的大姊更感到深深的自責。父親離世未久，大姊也罹患重病。重病其間她曾經把她心裡感到的自責和愧疚聲淚俱下的與我陳述。那段陳述和大姊在住院期間，我看到大姊和其他病人在醫院中受到種種病苦的折磨，使我生起了悲憫之心，也湧出了一個念頭，是否能用某種方式一方面紀念父親，一方面為大姊祈福，同時也為了在這世間眾多同樣受苦的眾生。

回到美國之後，我幾次在每天開車上班經過的一個公共汽車站看到老人、小孩或孕婦站在豔陽下、或風雨中等車，沒有地方歇息。那個念頭再度浮現。於是我便跟當時居住所在的麻州勒星頓小鎮政府公共事務部門聯絡，想在那個公共汽車站捐贈紀念父親的座椅，以便候車者有地方坐下等車。勒星頓鎮政府雖表示歡迎，卻並不積極。我幾次主動聯絡都沒有得到鎮上主管人員的回音。二〇〇六年

年初，我也被診斷出罹患癌症，隨即接著開刀、化療。當年十一月，大姊隨父親之後離世往生。失去大樹庇蔭的我們家，再度遭受失去屋樑頂柱的痛苦。

二〇〇七年五月，我為了實踐對大姊生前願望的允諾，遷居華府地區，使大姊女兒海雯一家在海外不致太孤寂。我與外子選擇的住家與外甥女一家僅僅一鎮之隔，開車僅須十五分鐘。我們家附近有一個迷霧公園；每到週末，外子就帶著我到公園或散步、或健行，一方面吸收新鮮空氣，一方面藉以恢復我在大病之後衰弱的體力。

迷霧公園有一條通往華府中心的腳踏車和行人專用道，全長15英哩。走在這鳥語啁啁、綠蔭與藍天相映的小徑上，我心中又時時浮起了捐贈長椅以紀念親人之事。二〇〇八年三月，我一方面和蒙哥馬利郡政府公園管理處聯絡，一方面也跟二姊、哥哥、妹妹和海雯商量，徵詢他們的意見。四月二日，我和蒙郡公園管理處兩位主管見面，初步勘查公園路段允許設立長椅的所在，以及公園能接受的長椅形式。那天細雨霏霏，走在迷霧公園的林間小徑上，只見花葉初萌，溪水淙淙，又見一隻白鶴棲息於溪水之間，那景象有如人間仙境。我覺得在小徑上設立一張長椅，供來往行人在途中休憩，應該很合適。四月二十四日，外子從台灣返回美國，與我一同造訪我選定的地點。但外子認為小徑雖美，但地處偏僻，人煙罕至，設立長椅若乏人利用，徒生青苔，維護不易，便枉費了為眾生服務的意旨。因此建議我們另尋它址。

從四月底到六月中，我們每逢週末便到迷霧公園各個地點行走勘查、記錄比較，並與公園管理處的工程師凱文隨時交換意見。六月二十二日終於將地點選定，決定採用外子的建議，把長椅豎立所在地就選在面對著迷霧湖的正面湖邊。公園管理處的凱文亦答應將該處樹木修剪、移植，並立即從事長椅的製作工程。

六月二十八日，凱文率領著工程人員一行前往長椅選定地點，先把周圍的樹木雜草修鋸剪除，並將地面整理平整，清掃妥當。七月一日早上九點，凱文的工作團隊一行七人準時到場，從拌水泥、打樁，到長椅全部裝置完成，費時約一個半小時。長椅的設立不僅使我們對父親和大姊的思念有了一個實體的形象，更能夠提供來往遊人休憩、或靜心觀賞湖上美景的歇息處。父親一生慈悲助人，晚年還經常走路到新店橋下的「佳昇仁愛之家」按月捐獻；大姊心地柔軟，總是把別人的利益放在自己之上。但願他們在天堂中看到家人或遊客們坐在長椅上靜觀湖光粼粼、春江水暖，秋色連波的美景的時候，也能感到欣慰吧！

We read to know we are not alone - C.S. Lewis

我讀《巨星的殞落》

《巨星的殞落》一書，乃是俄國伊高爾葛生柯著，李山月翻譯。一九五五年七月香港友聯出版社出版。The Fall of a Titan, written by Igor Gouzenko, translated into English from Russian by Mervyn Black.

誠如本書譯者所說：「這是一本極美麗、極醜惡、極愉快、極沉痛，歌聲中夾雜著痛哭，舞影裡伴隨著死亡；絕望與希望交織，愛情與殘忍混雜；到處矛盾、到處衝突，令人不忍卒讀，卻又渴想知道究竟的作品。」

的確，這是一本描寫蘇聯社會中的種種鬥爭、恐怖，危機四伏的成功著作。一開始，作者把握著神秘而沉重的氣氛，娓娓道出蘇聯社會中的高級知識分子潛在內心的恐懼和憂鬱；再緩緩引出主角人物洛維科夫童年的慘痛經歷：他的家庭遭到抄家，所有財產被無故沒收，他眼見自己的父親慘死在槍桿下，也親眼目睹一個卑微的流浪者哀憐的向他的劊子手乞求活命，卻活生生一槍斃命。他在黑暗裡痛哭，無力卻又狂燃的怒火使他幾乎窒息。復仇的火焰、心靈的空虛，最後讓他走上了詭譎多變的政治舞台，也使他原本多情善感的心變得無情，隱秘和城府算計。

作者在書中更深刻地報導了共產社會中人性的淡薄，和因利害關係而引起的慘無人道的行為。比如書裡第六十八章節中描寫洛維科夫為了鞏固自己的地位，竟背棄朋友，還逐出了已經懷孕了的妻子，你幾乎可以聽到那些人的呻吟和啜泣，也看到這些兩隻腳的野獸怎樣的在為著自己的利益去犧牲別人的幸福，甚至生命。

但是本書也有它光明的一面，像黑夜裡的一根蠟燭，雖然微弱卻也點燃了一絲曙光。透過書中幾位有理想、追求真善的人物，作者表達了他潛在的慈悲和對人性根本的樂觀。這些可從書中第七十二章中的一段對話看出來，中文翻譯者李山月把這段對話譯得極好：

巴弗爾第一個說話：「旁人的不幸比我自己的更讓我難過。我閉上眼睛便彷彿聽到旁人的哭泣——幾百萬人在哭，在詛咒自己的命運；我真為人類慚愧。人類已生存了很長一段時間了，但是還沒有學會如何生活。有一個人精通生火的藝術，他生了火給眾人取暖、煮熟食物，並照亮前方的路；另一個人卻用這火來燒炙這個人的腳掌！打那時候起，人肉的燒炙氣味便一勁沒有停過。有一個人製造了一把斧頭，用來砍樹給自己造了間房屋，並用木材做了一條船來渡河；另一個人卻在一場得勝的爭論中，用這把斧頭劈開了這個人的腦袋。為什麼人類一開頭便走這樣暴力的路？為什麼人類不能相互友愛，共存共榮呢？」

契伯洛克聽了，說：「你是一塊海棉，將一切國人的悲哀都吸收進來；但你也像一塊海棉那樣，將你擠一下，只有眼淚流下來。這樣是不好的。」

然後這書中轉到兩位青年如何決定將心中的感慨化成實際行動，來挽救他們的祖國。本書中你可以感到作者多麼深愛自己的國家，多麼希望有識之士共同出力為國效勞。我覺得我們這些年輕、又有救國熱忱的知識份子都應該讀這本書。

（1972年刊載於《師大青年》每期文評專欄）

學生文學獎〈永恆的羽翼〉讀後感

很久以來我沒有在讀完一篇文章之後，有這麼深刻的感觸了。自從結婚以後，工作的忙碌、家務的繁瑣，使我沒有時間，也沒有心力再提筆發抒自己內心世界的感受，我非常害怕自己變得庸俗，變得對周遭的一切失去了敏銳觀察的能力和感覺。〈永恆的羽翼〉像是一陣傾盆大雨，洗淨了蒙在我心頭的塵沙，也提醒了我許多平日應該注意卻常忽略的事情。

自古以來，婆媳問題就是一個經常被討論的主題。在婆媳紛爭的夾縫中，我們經常同情做兒子的處境；在順母逆妻，順妻逆母的矛盾中，兒子要充當協調、說服、和討好的角色，確實不易，因此許多的結論便是當妻子的要體諒丈夫，多多忍耐，並極力和婆婆和平相處。然而，今天的社會，愈來愈多年輕的小夫妻是和娘家父母住在一起，女婿和岳父母之間的衝突也屢有所聞；在丈夫和父母的紛爭夾縫中，女兒的角色絕不比婆媳糾紛中的兒子來得輕鬆，但社會上卻極少要求女婿忍耐，相反的卻要求當女兒的要體諒丈夫的委屈和不滿。就這種現象來看，

〈永恆的羽翼〉這篇文章所表達的就不僅僅是情感的抒發，而是具有時代性、社會性的意義了。

在讀〈永恆的羽翼〉過程中，有許多次我都模糊了眼停下來，等擦乾眼淚才能繼續讀下去的。尤其讀到慕雲對淮舟說的這段話：「爸爸養我、教我、愛我、保護我，他像隻大鳥，用又溫暖、又安全的羽翼護衛我，替我們遮風擋風……，然後我們長大了，他成了一隻老鳥，脫盡了羽毛，又冷又弱；而我的羽毛濃密得可以為他擋風，我怎麼忍心把他丟下，我怎麼可以？我不是不愛你，而是我對父親有責任——沒有選擇的責任……」這一段話確實讓我十分感慨。我自己的父親常對我們說：父母想兒女猶如長江水，兒女想父母則如一陣風。捫心自問，確實是這樣。我們只有在需要父母，有求於父母的時候才想到他們；而父母卻無時無刻不以子女為憂。尤其當今社會，子女多半離鄉去讀書或做事，在自己能獨立生活以後，有多少子女還經常給父母寫信、打電話，甚或回老家探望的？尤其是在海外的子女，父母擔憂更甚、想念愈切，可是有多少海外兒女適時適候的給父母問安？真的，想起高中時候，在那本「成功者的座右銘」一書中，曾看到這樣的一句話「如果你要讚美一個人，就趕緊讚美吧！寫在他的墓誌銘上，他是看不見的。」當時我就感觸良多，為什麼我們總是吝惜給自己的親人一些及時的歡樂？為什麼總是等到子欲養而親不在的時候才去後悔該做而未做的點點滴滴？

〈永恆的羽翼〉這篇傑作也讓我想起一個十分實際的問題。在傳統的觀念中，過年過節妻子總要隨著丈夫到婆家慶祝節日，即使是「母親節」「父親節」也是如此。其實這個習俗對僅有女兒的父母是太不公平了。結婚雖然是一對男女結合而成為一體，但夫妻雙方仍是獨立的個體，有各自的父母、親友；如果一味要求妻子捨棄自己的父母而隨同丈夫去給公婆慶祝「母親節」或「父親節」，那是極端不合情，也不合理的。類似這樣的問題，整個社會和個人都應該好好的想一想，觀念和做法都要改變才是。

〈永恆的羽翼〉一文中有太多值得深思的地方，尤其為人子女者都應該好好讀一讀！

（刊載於1983年九月號《明道文藝》。《明道文藝》創刊於1976年3月29日，發行人汪廣平。）

〈落髮記〉讀後

生活實在是一件奇妙的事。也許冥冥中真有一位主宰萬物的神靈。我剛才從學校回來的路上才正想著，今天應該會收到《中央日報》。回到家一看，果然一份《中央日報》端整的放在飯桌上。在海外收到《中央日報》可不是件小事！

這個寒假跑遍了伊利諾州，玩得我連人生觀都改變了。一月十五日回到紐約州，雖然冰雪深覆，舉足維艱，但我卻不再抱怨，而竟讚嘆它的美麗和神奇了。因為心情好，所以看到季軒小姐寫的這篇〈落髮記〉之後，心裡就有一股衝動，想說一說我的感受。

我十七歲就有白髮，而且相當顯明的長在額頭的正上方。那年我才高三，總想是因為聯考的壓力和功課的重擔把頭髮逼白的，等考完大學輕鬆了就好了。沒想到白髮的數目竟隨著年歲成正比例的增加。不過年輕時總是樂觀的，加上我在大學裡還算傑出，些許白髮反而讓同學們覺得我比同儕多了幾分智慧。後來我出國留學，學校裡或左右鄰居都沒有懂中文的人士，他們對中國文化習俗既不瞭解，也不好奇；有的人還有嚴重的種族歧視；環境加上好強的個性使我益發孤獨、寂寞，心情影響身體，白髮竟滋滋叢生。有一天，我的室友有些不好意思地跟我說，她的男朋友問起我有幾個小孩，她回答說：

「人家才二十幾歲，根本還沒結婚，你怎麼問人家有幾個小孩？」

她的男朋友驚訝地又說：「那她怎麼一頭白髮？」

我聽了真想狠狠甩她男朋友一個耳光，轉念一想，又怎能怪別人呢？於是在室友的鼓勵下，我開始染髮。染了幾個月之後，發現洗臉盆、洗澡盆，浴室等等地方都是一圈圈的黑邊，一氣之下，又斷了染髮的念頭。

現在，我恢復了「白髮皤皤」的模樣，但是我也逐漸釋然了。反正我確信自己的價值不會因為頭髮少、頭髮白而減少；何況這個世界上比頭髮珍貴的東西太多了，何必為了這無法改變、無法克服的現象傷透腦筋呢？

（1978年1月31日刊載於《中央日報》副刊）

《喜福會》的沉思

The Joy Luck Club by Amy Tan. First published in 1989. 《喜福會》一書出版於1989年，由美國華裔作家譚艾梅著作

最近在美國暢銷書排行榜中，連續三十幾週高居前十名的華裔作家譚愛梅女士所寫的《喜福會》一書，引起美國文化界的震撼。光是馬里蘭州蒙郡公共圖書館，預約本書的讀者就已經高達四、五百人之多。我因為服務於蒙郡公共圖書館雙溪分館，因此趁地利之便，舉辦了一個「喜福會一書座談會」。與會者熱烈的討論本書的故事和寫作的技巧。在參加座談的成員中，絕大部分是家庭主婦，其中有許多已經有青春期左右年齡的孩子，他們除了本身對這本書有濃厚的興趣之外，也希望自己的兒女來唸這本書，一方面能增進對中國文化的了解，另一方面也可比較中國人的母女關係和西方母女間關係的差異。

有位讀者問：「我相信每本小說都有它真實的一面，也有虛構的一面。我希望了解的是，書中描述一個母親在逃難過程中，把孩子蓄意丟下，造成母女失散

幾十年，這聽起來很不可思議。這樣的故事究竟有多少的真實性？」

在座的幾位圖書館同事不約而同地望向我，因為我是座上唯一的中國人。我只能當仁不讓地起身回答；我說：「要回答這個問題，可能我需要說明一下中國的歷史。中國，有著幾千年來連綿不斷的各種戰亂、飢荒、和千里跋涉的逃難；這些歷史的包袱使得中國人比任何一個民族都渴望安定和自由。中國人又是一個相當安土重遷的民族，當戰亂發生，不得不逃離家鄉的時候，除了攜家帶眷之外，往往還有一些家當、族譜之類的東西。在逃難過程中，父母如果覺得自己撐不下去、只有死路一條的時候，忍痛把孩子丟下，希望會有善心人士相救，或者直接把孩子交給陌生人，這樣的故事不僅真實，而且一再重演。《喜福會》一書中的母親在逃難過程中因為感到自己不可能活下去，堅持摟住孩子只有同歸於盡的絕望心情下將女兒丟下，祈求女兒能被救起而重見天地，這種情形絕對是有可能的。只是她沒想到自己竟然獲救、而且還來到了人人嚮往的美國，可是卻不知女兒是生是死，或流落何方，那種刻骨銘心的痛苦和悔恨，是時代的悲劇、和那一代中國人無法忘卻的精神創傷。」

我說完之後，會場上一時靜寂無聲。之後才聽到熱烈的掌聲。

座談結束後，許多讀者向我表示，希望很快能再看到中國作家的有關中國故事的作品。我聽了又不禁感嘆。我們中國其實有許多出色的作家，只可惜沒有人才將他們的作品翻譯成英文。如果能有一個高水準的翻譯機構，不管是政府機構還是民間機構，有計劃地把中國文學、藝術，精緻的翻譯，廣為對外傳播，並能為中西文化交流做傳播的橋樑，那麼《喜福會》的成功將更有價值，更為長遠。

（1990 年 3 月 15 日刊載於《中央日報》副刊）

《相約星期二》的迴響

Tuesdays with Morrie by Mitch Albom, 1997

本書書名 *Tuesdays with Morrie*, 台灣大塊文化出版社譯為《最後十四堂星期二的課》，上海譯文出版社譯為《相約星期二》。

近年來，一般讀者對於有關生死方面的書籍，趨之若鶩；每一出版，常易造成一股激盪；但往往一陣熱潮過後，又立即被另一蜂狂熱掩蓋。像《相約星期二》這本書在紐約時報暢銷排行版連續數年高居不下的情況並不多見。推究其原因，總少不了以下這兩個因素：一、現代人時刻感受到的孤寂、空虛、以及因為人與人之間那無可奈何的疏離感而導致對情感的極度渴望；二、美國民族對英雄的崇拜。

《相約星期二》這本書是描述布蘭代斯（Brandeis University）大學的一位教授在生命結束前的十四個禮拜的每週二，和他過去的一位得意門生之間的談話內容。作者米奇，是底特律自由報的名記者，在離開學校十數年之後，偶然間在一天晚上，看到電視上報導從前教過他的莫瑞教授因為患了路格瑞氏的神經系統症，生命垂危。銀幕上老教授的瘦骨嶙峋勾起他的無限感傷和懷念；他決定去探訪這位曾經十分愛護他的老師。米奇在一個星期二的上午從底特律飛到波士頓近郊的牛頓市去看望莫瑞；這一久別重逢，有如鳥獸返林、魚歸大海，從此開始了這對師生長達十四個星期，美中、美東兩地每週一次的約會。在這十四個星期二當中，莫瑞教授對當年最疼愛的學生談到了人生面臨的許多問題，比如家庭、事業、寬恕、恐懼、衰老、以及生命的意義等等；他諄諄善誘的告訴米奇如何在逆境中避免自憐自艾的陷阱、如何放下感情執著、如何擁抱衰老、如何面對死亡。莫瑞教授在病床上孜孜不倦的教導昔日的得意門生，把他僅剩的一絲餘暉，遍洒在米奇身上，希望他在人生旅途上少些懊悔、少些浪費。

米奇在本書中，詳細的描述他在這十四個星期的過程裡，怎樣從一個旁觀者的立場到最後對莫瑞身上的痛楚感同身受，怎樣從追求功名利祿的人生價值中體驗到生命的真正意義。

當莫瑞的生命接近尾聲的時候，米奇問他：如果他再能夠行動自如、自由自在的過一天，他將如何度過？莫瑞教授回答說：

「我會早起做做運動，吃個甜餅配茶的早餐；然後去游個泳，找一、兩個知心朋友一起吃午餐，再出去散散步，觀賞大自然美景，看紅花綠葉、觀禽鳥飛翔。傍晚和家人一起上館子，吃義大利麵，頂好來些鴨肉──我最喜歡吃鴨肉了，然後通宵狂舞，直到我精疲力竭，再回家痛快的睡個好覺。」

「就這樣？」米奇問。

「就這樣！」老教授回答。

米奇先是啞然，忽而心中頓悟：生命走到盡頭，回頭一瞥，什麼是你最後的珍惜？

本書中莫瑞教授所提倡的人生哲理，並非創見；從十九世紀梭羅提倡簡化生活，接近自然的人生之道以來，美國許多知識分子，對「簡樸」二字便競相傳頌試行。近幾十年來，東方佛教思想在美國大為盛行，坊間有關禪修、淨化生活的書籍更是俯拾皆是；因此可知《相約星期二》之所以叫人感動並不是因為它所提出來的生活哲理，而是因為米奇和莫瑞之間的友情，以及由此一友情所逐漸衍生出來的那種深厚無私的「愛」——這個早已被我們這些文明人忘記、丟棄的人間至寶！。想想看，現代人有多少個願意每週花錢、花時間坐兩個多小時的飛機去探望一個病懨懨的老人？有多少人願意替一個風燭殘年的老人拍痰把尿？慢說是師生，就連兒女對父母恐怕也難尋。我們這個時代是個「沒有忠誠度的年代」；人與人之間早已失去了心心相印的交流，聯絡靠的是按一個鍵就整筆勾銷的電子書信，打電話聽到的是機器錄製的聲音，這麼忙碌的年代，誰有功夫去孕育情愛？去維持友誼？《相約星期二》中的米奇，是我們一生渴望的兒女，是我們一世祈求的朋友。我們在現代科技中喪失的親密、我們在電子文化中渴求的接觸，透過米奇的敘述使我們再度有了憧憬，再次肯定了情愛和忠誠的可能，也使我們對人生再次充滿了希望。

另一個使本書長久維持在暢銷書排行榜第一名的原因，是美國文化的另一特色，那就是：美國人對苦難英雄的崇拜。

美國是一個非常崇拜「強者」、崇拜「英雄」的民族，但他們所謂的強者、所謂的英雄，和我們中國人一貫的觀念不同；他們的英雄存在於各行各業當中。而在每一類英雄之中，他們對那些向命運挑戰，不被痛苦擊倒的英雄又情有獨鍾。因此，當NBA的籃球明星史恩艾略特（Sean Elliott）在腎臟移植手術完成，公開宣佈將重返籃壇時，舉國狂歡。二〇〇〇年籃球季開賽，艾略特出場，引起萬千球迷歡呼。艾略特對訪問他的記者說「我希望我的重返籃壇，能給同樣境遇的人一個鼓勵——不要怕疾病，不要怕被疾病擊倒，要永遠懷抱信心，保持希望。」這樣的英雄，這樣的強者，是美國民眾的偶像。

同樣的，《相約星期二》書中的莫瑞教授，在確知疾病將逐日吞蝕他的軀體，自己將一步一步接近死亡的時刻，竟不放棄自己身為教師的職責，以己身經驗對學生、對親人說明死亡的不足懼，說明生命的真正價值，並囑咐米奇在他的墓誌銘上篆刻「終身的教師」。這樣不被疾病打倒的強者、這樣至死誨人不倦的英雄，正是萬千人類的渴望；也是為什麼讓千萬讀者淚灑書卷，碑口相傳，而造成本書持久轟動不懈的原因。

傾聽台灣、經典再現

二〇一七年初，一個寒冬的傍晚，我們這群來自台灣的「雅音合唱團」的團員們在蓋城漢堡王歡聚在一起話家常。我們談起了共同的故鄉——那走過青春、走過年少的家園。回憶過去，思想未來，許多念頭、構想，在我們的心中開始萌芽、醞釀。當然，當晚的聚會並非只為娛樂、聊天，更重要的是為了要討論在離開海華文藝季音樂會五年之後，是否要重回海華。

海華文藝季起源於一九八七到一九八九年間，當時的中華民國僑務委

員會為鼓勵和推廣大華府地區民眾的文藝活動，特別創辦了「民謠藝術歌曲演唱會」，邀請當年在華府地區已小有規模的幾個合唱團參加演出。那時候華府附近的合唱團如童心、洛聲、蓋城、海天……等，團員幾乎清一色由台灣來的留學生或僑民組成。

在僑務委員會十幾年的大力支持下，每年參加的合唱團由最初的六個茁壯成二十幾個合唱團。二〇〇四年，僑委會退居幕後，改為由各個合唱團每年輪流擔任總協調，所有參加的團體都負責一部份工作，以共襄盛舉的方式參與合辦。自此，每年五月份的「海華聯合演唱會」成了華府地區各合唱團的大事，華人文藝界和音樂界的人士無不引頸期盼聆聽各個合唱團精湛的演出。

隨著中國大陸的迅速崛起，經濟的起飛和門戶的開放，大陸留學生和僑民在美國的人數呈數倍的成長；反之，台灣的留學生卻逐年遞減。僑界的結構及生態也因此而改變。這種現象也反映在參加海華民謠藝術歌曲演唱的各個合唱團；以大陸人士組成的合唱團如雨後春筍般嶄露頭角，他們人數眾多，專業能力極強，反觀以來自台灣為主的合唱團團員人數卻逐年減少、而團員的年齡也都偏大。這也是我們的指揮憂心忡忡的地方。當晚，顏指揮說：「如果我們再不回海華，台灣的聲音就更聽不見、將來也就消失匿跡了。」

那晚大家分手後，指揮顏琦萍語重心長的話語一直在我心中蕩漾；在輾轉反側、難以入眠的時候，我心中湧起了一股擋不住的情懷，我覺得我們合唱團真應該替台灣做些什麼，那怕僅僅是曇花一現的光芒也罷！

於是，在接下來的周五晚上練唱時，我提出了一個構想，建議除了重回海華之外，就把我們想舉辦的音樂會命名為「傾聽臺灣、經典再現」！我們的指揮顏琦萍說，她希望我們辦的這個音樂會不僅能讓來自台灣的僑胞懷念昔日熟悉的歌曲，來自中國大陸的同胞對台灣音樂有進一步的了解，她更希望藉此機會把台灣的歌曲、音樂介紹給外國人，增進外國人士對台灣樂曲的認識和興趣。團員們聽了都舉雙手贊成；每個人豁然間都有了為台灣發聲的使命感。那一晚是 二〇一七年的一月二十日。

在準備重出江湖、分配明年演唱會相關工作的時候，我毅然挑起了找尋演唱會場地、草擬演唱進行的方向、和撰寫節目播報內容的文稿等各項任務。我相信當一個人心中受到啟發時，內在的潛能便會源源不斷的釋放出來。我好像又回到大學時代，思如泉湧、精力旺盛；每天利用上班午休時間到洛城各處可能用作表演場地的學校、教堂，等地訪視詢問；晚上吃完晚飯、收拾盤碗後，便埋首於網路中蒐集台灣流行音樂發展的歷史資料、彙集整理，並很快的完成初稿；之後即交給我們的指揮去做修改和選擇演唱的歌曲。

「雅音合唱團」的團員人數不過十數人，要想舉辦兩個小時的音樂會，而且主題是這麼堂而皇之的「傾聽臺灣、經典再現」，我們的指揮顯然壓力不小。但是她是一個多才多藝、不屈不撓、而且極具爆發力的天才型指揮；她除了選擇適合我們唱的歌之外，更在歌曲中設計了動作的配合，以及服飾的變化。在她獨特的表演設計，和所有團員的努力下，我們的演唱會竟是空前的成功。當晚全場爆滿的觀眾、演唱間熱烈的掌聲、和演唱完後仍久久不願離去的各界人士，使我們的演唱會成了二〇一八年華府地區音樂界的奇葩，和華人間爭相傳頌的成功典範！

二〇一八年三月十七日周六晚上，我們雅音合唱團的「傾聽臺灣、經典再現」

音樂會，是以〈快樂的聚會〉又名〈迎賓曲〉，這首台灣原住民邵族的歌謠，來做開場白。接著，根據台灣流行音樂的發展，分幾個階段進行。

第一階段：

回顧民國四十年、五十年代，這時候的台灣剛剛從日本的占領後重回祖國，教育文化百廢待舉。隨著國民政府的遷徙，許多大陸的音樂家來到了台灣，也帶來了當年在上海等內地流行的歌曲。另一方面，台灣本土的音樂家掙脫了日本思想的控制，也紛紛創作了許多膾炙人口的閩南語歌曲。

這個階段我們演唱了三首曲目：〈望春風〉、〈春風吻上了我的臉〉和〈愛神組曲〉。同時，也由雅音的第二代年輕人以小提琴演奏了〈淡水暮色〉。

第二階段：

民國五十一年十月十日，台灣第一家電視台——台視開播。同年十一月推出電視歌唱節目「群星會」。並立即受到廣大群眾的歡迎，播出時間長達15年，造就了無數台灣本土的歌星和許多流行歌曲的作詞、作曲人。這些歌曲和歌星們不僅紅遍台灣本島、更聲名遠播傳到了整個東南亞和日本。在這一階段的歌曲中，我們先演唱了兩首國語流行歌：〈群星頌〉和〈綠島小夜曲〉。

接著，配合此一階段時，美國在台灣的駐防，和因為美軍及其眷屬遷居台灣，帶來了好萊塢電影和美國的流行歌曲，並形成了一股潮流。當時，西洋歌曲和音樂頓時成了年輕人的最愛。我們又演唱了兩首西洋歌曲填上中文歌詞的〈靜心等〉和〈我的心裡只有你沒有他〉。

第三階段：

一九七一年台灣退出聯合國。一九七二年，美國總統尼克森訪問中國大陸。種種外交的挫敗和衝擊，觸動了青年學子們對自己文化的覺醒和激情。「唱自己的歌、聽自己內心的聲音」成了校園內的一股熱潮。楊弦以余光中的詩〈鄉愁四韻〉譜成的曲，帶動了大學校園歌曲的創作，和自彈自唱的風氣。往後的十年，校園民歌和新一代歌手如雨後春筍般的湧現，他們唱遍大江南北，也把校園民歌帶進了海內外所有有華人的地方。在這一階段我們選擇演唱四首校園民歌：〈如果〉、〈鄉愁四韻〉、〈雨中即景〉和〈龍的傳人〉。

第四階段：

一九八〇年代初期，鄧小平倡導改革開放，台灣和香港的文化、音樂，開始飄過台灣海峽，進入廣大的中國市場。鄧麗君甜美的歌聲很快的打動了大陸民眾的內心。當時有一句流行的話語說：早上聽老鄧、晚上聽小鄧！

在這個階段的歌曲中，我們選唱了〈鄧麗君組曲〉、〈月亮代表我的心〉，以及早在三十年代就小有名氣，但卻是在鄧麗君演唱之後才大紅大紫的歌曲〈夜來香〉。

第五階段：

當晚演唱的最後階段，我們選擇了流行歌曲樂壇上兩大才子周杰倫和羅大佑的作品，以及跨越國語、閩南語、到客家語歌詞的歌，還有在每次台灣選舉季節中不可少的造勢歌曲。〈菊花台〉、〈十八姑娘〉、〈愛拚才會贏〉、〈台北的天空〉以及〈明天會更好〉。

這場演唱會，我們特別選定以〈明天會更好〉這首歌做為壓軸。「輕輕敲醒沉睡的心靈，慢慢張開你的眼睛……」歌聲緩緩牽引出觀眾的思鄉情懷和對經典歌曲的念念不忘。

當我們唱到：「唱出你的熱情，伸出你的雙手，讓我擁抱著你的夢……」指揮轉過身，面對觀眾，邀請全場一起合唱：「……讓我擁有你真心的面孔，讓我們的笑容充滿青春的驕傲，讓我們期待明天會更好。」

在全場的歡聲雷動中，我們共同祝願台灣會更好，世界會更和平。

我們「雅音合唱團」重回江湖的第一場演唱會圓滿成功落幕。

客家短劇「愛記得」

（表演話劇是大華府地區客家同鄉會自一九八四年成立以來從未有過的節目。二〇一三年在當時會長張亦瑋、副會長吳宗賢的鼓勵下，我完成了劇本的撰寫，並由副會長吳宗賢飾演劇中的阿賢伯，理事林柏睿、劉文錚分飾劇中一對年輕人。本劇於二〇一四年初大華府地區客家同鄉會天穿日慶祝晚會中演出。）

道具：

矮凳、中型瓦缸、圓木棍、四腳桌、圓竹編盤

人物：

阿賢伯（五、六十歲）、年輕男女三妹子和阿憨股（二十幾歲左右）；阿賢伯的對白主要是客家話，年輕男女則用國語。

＊＊

啟幕

（一對從城市回鄉來過春節的年輕男女，遠遠望見村莊上一家門口廳上坐著一個老人。老人坐在矮凳上，兩腿間夾著大缸，手上握著木棍在缸中來回使勁攪動。年輕人認出了這老人就是村裡的阿賢伯）

三妹子：阿賢伯（用客家話親切的叫）

（阿賢伯重聽，沒聽見，仍自顧自地攪動木棍。兩個年輕人對看一會）

阿憨股：阿賢伯（用更大的聲音親切的叫）

（阿賢伯左顧右盼，終於看到兩位青年男女）

三妹子：阿賢伯，新年快樂！

阿賢伯：唉喲，（發出嘖嘖聲，一邊站起來）三妹子、阿憨股，你兩儕轉來，轉來過年係無？
三妹子：是呀，我們回來過新年呢。
阿憨股：還有——回來吃好吃的東西喲！
阿賢伯：好，轉來過年好！（一邊頻頻點頭）
三妹子：阿賢伯，你剛才在做什麼呀？
阿賢伯：喔（拉長），我在這位做麼該？我在這位搞粢粑啊！
三妹子：粢粑？粢粑是什麼呀？
阿賢伯：唉喲，粢粑妳勿知喲？聽勿識囉？（轉頭問）阿憨股，你聽一識麼？
阿憨股：啊？（阿憨股搖搖頭）我？我聽不懂！
阿賢伯：嗨喲，你兩個敢不係客家人？
三妹子：是啊！我是啊，我爸爸媽媽都是客家人啊！
阿憨股：對呀，我爸媽也都是啊！我爸屏東、我媽苗栗，道地的客家人。

阿賢伯：哎喲，該你兩儕連粢粑都勿知，都聽勿識啊，樣個薩？！該你知麻吉係麻該麼？

三妹子：麻吉？（興奮狀）麻吉我當然知道呀，麻吉就是那軟軟的，裡面有包花生、或（搖頭擺腦、慢慢的說），包芝麻、包紅豆……

阿憨股：（搶著說）還有，還有啦，外面還沾花生粉，糯米粉，那很好吃，又很Q的麻吉呀。喔，好想吃喔！

（阿憨股、三妹子都舔舌頭，很想吃的樣子）

阿賢伯：你看你看，講到麻吉就快樂得案樣！騙人不識。河洛人的麻吉有嬡該好食？盆雞歌啦！

三妹子：阿賢伯，什麼是盆雞歌？

阿賢伯：嗨喲，盆雞歌就是「吹牛啦」。我跟你講喲，嗯你客家人的粢粑比河洛人的麻吉還那Q，還那好吃。作法無共樣啦！搞粢粑，要有力！不是像做麻吉那樣捏一捏就可以的，沒有力氣的人是做不出來的。

阿憨股：是嘛？！有那麼難嗎？那我來試試看。

阿賢伯：好，你來搞搞看。

（阿賢伯教阿憨股坐姿、攪法，阿憨股使勁但推不動）

阿賢伯：用力、要用力，莫食鹽黑麼？

（阿憨股拚命攪，很困難，汗流浹背似的）

阿憨股：唉喲，真的不容易，好吃力喲！

三妹子：好了啦，可以了啦！阿賢伯，你看，他快不行了啦！（三妹子替阿憨股擦汗）

阿賢伯：嘿呀！我就講，哪有安簡單！所以說，普通人做不來。我們客家人行啊！（豎大拇指）

（阿憨股困難地站起來，三妹子趕快替阿憨股搥背）

阿賢伯：（一邊接過圓棍，一邊說）嗯你客家人過節辦桌，一定要打粢粑，請親戚朋友大家來吃。粢粑斷起來（動作），放入大盤肚，放點地豆粉、糖粉，緊斷緊吃，緊打嘴鼓。粢粑，燒燒粘黏，嗨喲，這是客家人的傳統美食喔。

三妹子：哦，我懂了，粢粑就是客家人的特有文化了？

阿賢伯：嘿哪！客家人才有粢粑。有粢粑就有客家人。有客家人就有粢粑。

三妹子：哦，那我知道了。

阿憨股：唉喲，阿賢伯，我肚子餓了啦！這粢粑可以吃了嗎？

阿賢伯：做得，做得。三妹子，你去拿筷ㄟ。

三妹子：筷ㄟ？（用客家話）

阿賢伯：唉喲，就是筷子啦！

阿憨股：對啦，筷子啦，快點快點，我快餓扁了啦！

三妹子：呃，趕快趕快，筷子在哪裡？

阿賢伯：筷子在灶下。

三妹子：灶下又是什麼？（很納悶樣）

阿賢伯：嗨喲，灶下又聽不識！「灶下」就是廚房啦！唉！我講十句話，你們聽不識兩句！你們這兩個客家人見笑不見笑？

三妹子：阿賢伯，這個不能怪我們呀！我小學就搬到台北，台北客家人少，就是有客家人，他們在外面也不講客家話，還有些客家人反而還講河洛話呢！那我在台北住那麼久，就被同化啦，我的客家話就忘得差不多光光囉ㄟ！

阿憨股：對呀，我也是，我小時候住美國，我爸爸媽媽怕我上學跟不上人家，有時候還跟我講英文呢！平時他們都跟我們講國語。只有不想讓我們知道的事情才偷偷用客家話說，我們那有機會學客家話！小時候沒學會，大了想學，也不容易了。

阿賢伯：喲，伊等說的有道理喲。這樣說，後生人不會講客家話，不能怪伊等。那我來教你們講幾句客家話　！（自告奮勇，有勇氣狀）

三妹子：（興奮狀）好啊，好啊，阿賢伯，你要教我們什麼？

阿賢伯：嗯（低頭做思想狀），按樣講啦，阿三妹子（指著三妹子），你小小時節ㄐㄐ，這下 姜姜。

三妹子：（重複阿賢伯的話）你小小時節ㄐㄐ，這下 姜姜。

阿賢伯：嘿哪，愛記得喲。ㄐㄐ就是醜醜，姜姜就是漂亮。

三妹子：啊？我小時候很醜喔？

阿賢伯：嘿嘿，沒關係，沒關係啦，這下姜姜就好啦。 姜姜，漂亮。

三妹子：姜姜（客語），漂亮（三妹子邊說姜姜，邊做漂亮樣）

阿賢伯：（面對阿憨股）輪到你了，阿憨股。愛記得。阿憨股，你小小時節憨憨，倆下精精。憨憨，精精，記得某？

阿憨股：喔，憨憨，精精。

阿賢伯：對！愛記得。

阿憨股：記得了，記得了。阿賢伯小小時節精精，這下憨憨。

阿賢伯：哈？莫該呀？你後生人「還吃我老人家豆腐」！

阿憨股：ㄟ，我說得不對嗎？

阿賢伯：講你憨股就是憨股。好啦，我問你，今年是什麼年？

阿憨股：今年哪？今年是 2014 呀！

阿賢伯：（搖頭做不以為然樣）我問你我們中國人生肖今年是什麼年？

三妹子：（搶著說），鼠牛虎兔龍蛇馬，今年是馬年啦。

阿賢伯：馬年，馬年，「馬」年的馬，國語讀三聲，客家話要唸二聲喲。你如果用三聲唸「馬」，意思就不一樣喲。你知嗎？

阿憨股：不知道呀。那讀作三聲的「馬」，客家話是什麼意思呢？

阿賢伯：馬，唸三聲就變成盡大盡大的意思（用手勢比極大狀）。比方講，泰馬馬，就是大得不得了的意思。如果一個人很高大，很高大，我們就說他泰馬馬……

三妹子：哦———（拉長口氣，打斷阿賢伯的話），我知道了，我小時候我媽媽常常叫我「溝——末——碼」，那一定就是說我那時候就很高，很大了。

阿賢伯：哈（做驚訝又無可奈何狀）？

三妹子：我說得對不對呀，阿賢伯？

阿賢伯：唉喲，你媽媽怎麼那樣講話呢，你媽媽含歐巴……

三妹子：歐巴又是什麼意思呀？阿賢伯？

阿賢伯：歐巴（作為難樣），歐巴就是、、歐巴就是……

阿憨股：（像發現新大陸樣，極為興奮），我知道，我知道！歐巴，就是韓國話的哥哥，「歐巴」跟「馬」加起來，就是歐巴馬，歐巴馬，Oba Gama…（Oba Gama Style music 響起來）阿憨股跳起舞來，三妹子馬上跟著跳，阿賢伯看了兩秒鐘也跟進一起跳，阿賢伯跳得面露疲憊，顛顛倒倒）

阿賢伯：哎喲威——累死了！好勒，好勒，我不教哩，我不敢教啦！要下台一鞠躬啦！

（走向舞台後方…）

三妹子：阿賢伯，下台在這邊，不是那邊啦！

（三妹子和阿憨股走過去摻住阿賢伯，三人笑著一起走向前台中間，鞠躬下台）。

客家音樂短劇「行行出狀元」

（本劇本撰寫於二〇一五年。於二〇一五年三月七日在維吉尼亞州漢宮酒家舉辦之大華府地區客家同鄉會天穿日慶祝晚會中演出。由客家同鄉會副會長吳宗賢飾演劇中的爸爸，資深會員彭賜楨飾演彭半仙，客家桐花合唱團指揮張翠蝶、伴奏謝永芹分飾劇中的兩姊妹）

人物：

姊姊八頭花（張翠蝶飾），阿爸（吳宗賢飾），妹妹（謝永芹飾），半仙（彭賜楨飾）

道具：

書桌，椅子，洋文醫學書籍一或數本，摺扇或羽毛扇，竹板

[Underline 部分用客家語說或唱]

啟幕

（妹妹坐在書桌前用功讀書。姐姐邊跳邊出場，嘴裡唱著客家歌曲「四季花開」還時不時的攪亂、搗蛋妹妹）

姊姊：春天來呀 桃花香啊 桃花香在滿山岡，可比……

（阿爸出場，一看姐姐擾亂妹妹讀書，馬上前去阻止。以「客家謎歌」曲調唱道：）

阿爸：嘿嘿嘿， 喊妳讀書妳不讀書喲，喔，八頭花。 天天唱歌你煩不煩喲，煩不煩。唉，叫妳讀書妳不讀書，在這裡 跳上跌落做碼該……

妹妹：（邊說邊走上前，手裡拿著醫學洋文書，嘟著嘴，撒嬌語氣）就是啊！阿爸！姊姊好討厭哪！我在用功讀書，要考醫學院呢。他就每天每天在這裡 魔音穿腦，好吵。害我都不能專心讀書！我考不上了啦，嗚嗚嗚……

阿爸：嘖嘖嘖，你看你看，妳怎麼就不能跟妳妹妹學學，認真讀書，考醫學院呢？

姊姊：我才不要讀醫學院，我要學音樂。

阿爸：學音樂？什麼話！音樂能當飯吃？

姊姊：音樂能陶冶性情。

阿爸：陶冶性情？陶冶性情能賺大錢？

姊姊：陶冶性情能讓人身體健康！

阿爸：嗨喲，身體健康要靠醫生啦！妳看，那胸腔健康要靠曾俊明醫師；眼睛健康呵，要靠那鍾耀輝醫師；那個神經健康呀，要去找那蔡希科醫師啦；他們才是那人中之龍！名聲好，又會賺大錢……

妹妹：就是，將來我也要當醫生。名聲好，賺大錢。

姊姊：哼！做醫生有嘛該好？Emergency 一來，飯也不能吃，家也不能回。週末還要 On Call，像那個曾俊明，都不能來唱歌。

阿爸：嘖嘖嘖，依喲……妳樣會安硬頸？安勿聽講……

妹妹：唉呀，阿爸，姐姐不會聽你的話啦！他說你是老頑固，思想落伍啦。

阿爸：老頑固？落伍？哼，我跟你講，不聽老人言，吃虧在眼前啦。看妳以後吃什麼？！連阿爸的話都不聽，要聽誰的話？

妹妹：姐姐呀，她就愛聽那鳳凰山上那彭半仙的話啦！

阿爸：鳳凰山？

妹妹：對呀！鳳凰山上那彭半仙。

阿爸：彭半仙？嘿，彭半仙那是讀書人。我就不信他跟我想法不一樣！

姊姊：（高興而期待地說）那你去問他？

阿爸：問就問，誰怕誰啊，走啊！

全體三人同時說：走！

全體三人同時邊唱邊在舞台上繞圈邁步走，一邊用客家歌「採茶歌」曲調唱：

一步一步走，不覺到鳳凰，看見半仙在山邊，搖頭又晃腦真優哉！

（彭半仙在家門口搖頭晃腦的念念有詞。見有客人來，出門迎接，與老同學握手寒暄）

（阿爸介紹全家，還有姐姐妹妹跟半仙鞠躬作揖……等等）

阿爸：半仙哪！我妹ㄟ八頭花，執迷不悟硬說要學音樂。唉，學音樂有什麼前途呀？將來要吃什麼？你見多識廣，你替我勸勸他。

半仙：喔—（半仙走過去看著姊姊），伊不做醫生，要學音樂？

阿爸：（一臉怒容，插嘴又說）對，她要學音樂，不肯學醫。講不聽。

半仙：（轉身看看阿爸，又問阿爸說）你不同意？

阿爸：堅決不同意！

半仙：要我勸她？

阿爸：勸她！

半仙：啊，非也！非也！我要勸的是你啦——

阿爸：哈？

半仙：學長，聽了——

（響板扣四次，阿爸姐姐妹妹排成一排，準備跳舞）——

（半仙打響板唸下面詩句，其他三人同步舞蹈）

時代變遷你要 跟 進

長— 江後浪還推前浪

老人觀念太落伍

後生少年他比你還鏘

網路資訊他比你熟

她會聽你的？

再　說　了

人——人都去當醫師

休閒娛樂誰來顧

　今日世界壓力大

精神問題到處有

體育音樂要提倡

唱歌跳舞—有幫助

有　幫　助！

阿爸：你是說，唱歌有助於心理健康？

半仙：當然！唱歌幫助紓解情緒，促進家庭和諧，社會安定。

阿爸：這麼說，我要讓她學音樂？

半仙：讓她學！

阿爸：要尊重孩子的選擇？

半仙：尊重孩子的選擇！

阿爸：（轉身面向姐姐，又一次問女兒，用客家歌曲「花樹下」曲調問說：）

啊！八頭花，你敢真金要唱歌？八頭花，將來沒錢莫怪我，八頭花，你下定決心了？

姊姊：我早下定決心了。

阿爸：不能改變啦？

姊姊：（堅定地用客家歌曲「我是客家人」曲調唱道：）

天變，地變，心不變，挨ㄟ心不轉，挨 嘿 客　家　人哪！（以女高音聲調唱，高亢圓潤）

半仙：好！唱得太好啦！（半仙讚嘆，妹妹拍手。）

阿爸：唉喲，好像真的唱得不錯ㄟ！我都沒有聽過這麼好聽的歌喔！好啊！

你就學音樂。嗯你客家人醫生多，科學家多，就是音樂家少。你就好好學音樂，教大家唱歌。讓客家人美妙的歌聲響亮全世界！

妹妹：那姐姐唱歌，我來彈鋼琴。我也不考醫學院了。

阿爸：好，好！兩姊妹志趣相投！

半仙：這就對了！我們客家人，臥虎藏龍，人才濟濟。在世界的每一個角落，都能夠——

所有劇中人一起高呼：行　行　出　狀　元！

國家圖書館出版品預行編目資料

卻顧所來徑 / 曙影 著
--初版-- 臺北市：博客思出版事業網：2021.08
ISBN： 978-957-9267-98-4（平裝）

863.55　　　110007241

卻顧所來徑

作　　者：曙影
編　　輯：塗宇樵
美　　編：塗宇樵
封面設計：塗宇樵
出 版 者：博客思出版事業網
發　　行：博客思出版事業網
地　　址：台北市中正區重慶南路1段121號8樓之14
電　　話：(02)2331-1675或(02)2331-1691
傳　　真：(02)2382-6225
E—MAIL：books5w@gmail.com或books5w@yahoo.com.tw
網路書店：http://bookstv.com.tw/
https://www.pcstore.com.tw/yesbooks/
https://shopee.tw/books5w
博客來網路書店、博客思網路書店
三民書局、金石堂書店
經　　銷：聯合發行股份有限公司
電　　話：(02) 2917-8022　傳 真：(02) 2915-7212
劃撥戶名：蘭臺出版社　帳號：18995335
香港代理：香港聯合零售有限公司
電　　話：(852)2150-2100　傳真：(852)2356-0735
出版日期：2021年08月 初版
定　　價：新臺幣280元整（平裝）
ISBN：978-957-9267-98-4